東京路線バス
文豪・もののけ巡り旅

西村 健
Nishimura Ken

小学館新書

まえがき

物書き稼業をやってるくせに、家にじっとしてるのが大嫌い！

昔っから、放っといたらどんどん先へ先へと行っちゃって、大した目的もなく町をウロウロしているような人間だった。知らないところを当てもなく彷徨《さまよ》い歩き、そこの風景にどっぷり浸《つ》かるのが好みだった。

今もよほどの大雨でも降らない限り、昼間は基本的に散歩に出掛ける。どうせ仕事をするのは主に夜なのだ。時間が自由に使える仕事をしてるのに、お日様の照ってる気持ちのよい時間帯に家の中に閉じ籠《こも》ってるなんて、勿体《もったい》ないことこの上ないでしょ。

そんなわけで散歩は日課のようなものだが、もっと遠くに行きたくなったら、路線バスに飛び乗る。町の風景をのんびり眺めながら徘徊《はいかい》するのに、これ以上の交通機関はない、と思うからだ。

だって、地下鉄だったら窓外の光景なんてあり得ないし、地上を走る電車にしても、速度がちょっと速過ぎる。のんびり眺める余裕がなく、風景はあっという間に走り去ってしまう。おまけに線路の通るルートは決まっているので、同じ路線に乗っていれば同じ風景ばかり見る羽目になる。ま、同じ場所でも家が建て替わったり、空き地が何かの施設で埋まったり、と時系列的変化を味わう、という楽しみ方はあるんですけどね。

その点、バスだったらゆっくり走ってくれるので、町をゆったり眺めることができる。買い物帰りらしい、ネギの飛び出た袋をブラ提げたお母さん。下校中らしい、ランドセル姿の小学生たち。談笑したり、時には元気に走り合ったりなんかして家路に就《つ》いている、その姿が微笑ましい。開店の準備中のようで、暖簾《のれん》がまだ中にある入り口を出たり入ったりしている、割烹着《かっぽうぎ》姿のおじさん。荷物を抱えて小走りで走る、宅配便のお兄さん……。町の日常がバスの窓から見える。これがこの町の、毎日の風景なのだ。

窓外ばかりではない。彼らもまたバスに乗って来る。これは町の住民にとって、生活の足。バスに乗ることも彼らの日常の一部なのだ。

なのにそこに、一人だけ部外者が入り込んでいる。私だ。周りの全員が日常を過ごしているのに、それを覗《のぞ》きに入り込んでる部外者が、自分自身。その感覚が、堪《たま》らない。

また、バスの路線って、あちこち複雑に曲がりくねる。色んな経緯があって最終的に今のルートに落ち着いたんだろうけど、何があったのかなんてこちらには分からない。ただ、乗っていると車はぐねぐねカーブを曲がる。方向感覚をあっという間に失い、自分の向いているのが東なのか、西なのかさえ分からなくなってしまう。俺、いったいどこへ運ばれてんの⁉ そう、まさにバスに連れてかれてる感じ。これがまた、いいのだ。

もう、どうとでもしやがれ。どこへでも好きなとこへ連れてってくれ。

バスに運命を委《ゆだ》ねる感じ。これが堪らない。あぁ、いいなぁ。楽しいなぁ。そうやってバスに揺られている内、一日はあっという間に過ぎて行く。

その際、重宝するのが都バスの一日乗車券だ。PASMOなどのICカードを持っていれば、乗車する際「これ、一日券で」と頼むと運転手さんが操作してくれる。チャージしてる中から500円が差し引かれ、後はそれで一日、乗り放題になる。都バスってどっかからどっかに1回、乗るだけで運賃210円なのに、ね。3回、乗ればもう元は取れる、どころか既に得してる。これは使わないテはない、でしょ?

おまけに途中下車もし放題だから、窓外に何か面白そうなものを見つけたら、迷うことなく降りることができる。普通の乗車券だったら降りたらその場で終わりなので、次に乗る時はまた料金が必要になってしまいますからね。

もちろん、都バスだけでなく他の各バス会社にも、一日乗車券はある。バス会社ごとに、主にどの辺りをエリアとして走るか決まってるから、今日はあの辺りを回ろうと思えば、どの会社の一日券をゲットすればいいかも自《おの》ずと決まるわけだ。

言うまでもなく会社を跨《また》げば、乗車券は異なる。せっかくA社の一日券を買ったのに、途中で間違ってB社のバスに乗ってしまった。乗車料金、1回分損しちゃった。そういうことも、よくある。

くそ～失敗したなぁ。今度は是非、しっかりして損しないようにしなきゃ！　そんな風に悔しがったりするのもまた、バス旅の小さな楽しみの一つなのだ。

そう。ちょっとバスに乗るだけでも、それは「小さな旅」になる。「旅」は非日常。最大限に楽しまなければ損だ。また、こんな小さな旅だって、見渡せばいくらでも楽しみが詰まってる。

この本には、そんな私の「バス旅」を綴《つづ》ってます。

行き当たりばったり。本当に何一つ目的を決めず、ただ来たバスに飛び乗って、終点まで行く。そこでまた次に来たバスに乗り込む。そんな風な楽しみ方をすることも多々あるけど、それじゃぁ読み物としてはあまりに取り留めがなさ過ぎる。

なのでこの本では一応、テーマを決め、それに沿って乗り歩いたバス旅を紹介してます。それでも最低限の事前調査しかせず、基本的にはその場の弾みで選択肢を埋めて行くので、ハプニングは付きもの。失敗したり、行く先で道に迷ってしまったり、時間も金銭的にも損してしまうことだって、しょっちゅう。でもそれがまた醍醐《だいごみ》味の一つでもありますからね。期せずして相見《あいまみ》えた小さな出会い（失敗も含めて）にこそ価値がある。旅ってそんなものだと思ってます。

新型コロナウイルス禍から、「ウィズ・コロナ」に社会が移りつつあるとは言え、まだまだ先が見えず、外出を控え目にしていらっしゃる方も多いことでしょう。また、時間が自由にならず、ぶらぶら歩きなんてなかなかできない、という方もいらっしゃるでしょう。何かと閉塞感に囚《とら》われることも多い昨今。こんなヘンな奴がいるのか？　こんな楽しみ方もあるのか⁉　と時間を忘れ、共に小さな旅をしている開放感を味わって頂ければ、書き手としてこれに勝《まさ》る喜びはありません。
さぁ、一緒に旅に出ましょう！

東京路線バス　文豪・もののけ巡り旅

目次

第1章

永井荷風《ながいかふう》『日和下駄《ひよりげた》』を歩く

森《もり》鷗《おう》外《がい》の屋敷跡を目指す

東京バス旅、最初の〝お題〟は文豪、永井荷風（1879〜1959）のエッセイ、と定めた。

実は小説のロケハンのためだ。

次の新作は連続放火犯を追うミステリー『不死鳥《フェニックス》（仮題）』。2023年内には某出版社から上梓できる予定なので、乞うご期待！

と、いきなり宣伝してしまいましたが、とにかく連続放火事件を起こす中で犯人は、現場に次の犯行場所を示す予告文を残している、というストーリー。しかもそこに使われているのは、荷風の散歩エッセイ『日和下駄』からの引用文、という設定なわけです。

いえ、別にそれほどファンというわけではないんですよ。ただ『濹東綺譚《ぼくとうきたん》』などの小説で知られる荷風は一方、エッセイの名手でもある。本当に東京のあちこちをウロウロしていて、特に『日和下駄』では散歩の途中で感じたことがとにかく細かく綴られている。だから犯行現場の予告文に使うのなら、これから引用することにすれば都合がいいな、と思いついた。ただそれだけなんです、スミマセン。

てなわけで、適当に地図を眺めて、ここここを犯行現場にしよう、と勝手に選んだ。その地点が出て来る箇所を『日和下駄』の中から探し出し、予告状に書かれている文章として引用することにした。

ただし、地図とエッセイから適当に場所を決めただけなので、ちゃんと行ってはいない。やっぱり実際に行っておかないと、小説にそのシーンは描きにくい。だから、行ってみる。まぁ映像作品の撮影なんかとはニュアンスは違いますけどね。私にとってはこれが「ロケハン」なんですよ。

さて小説内における第2の現場は、文京区立の（これも文豪！）森鷗外記念館の近く、と設定した。第1は最初の犯行だから、予告文はありませんからね。そこに残されるのが最初の文書になり、次の現場は鷗外記念館の付近、と示唆されているという流れなわけです。

旅の始まりはラーメンから

さてさてではどうやって、そこに行くか？　我が家から最寄りの都バス路線は、渋谷駅と阿佐ケ谷《あさがや》駅とを結ぶ〈渋66〉系統のみ。だから都バス一日乗車券を使うなら、スタートは常にこれになる。

まず渋谷に向かい、そこからは〈早81〉系統で、早稲田《わせだ》へ（54ページの上下地図参照）。これ、とっても面白いルートを辿《たど》る路線で、詳しく紹介したいんだけど今回はちょっとパス。いずれ、どこかで詳述しますのでその時をお楽しみに。

さてさてさて、早稲田をせっかく中継したからには、ちょっと休憩。昼食を頂きましょう。何たってここ、都内でも有数のラーメン激戦区ですモンね。

「死ぬ前の、最後の晩餐《ばんさん》は絶対ラーメン」と決めている私は、昼の外食は大抵ラーメンを食べ歩く。……と、言うか、全国をぶらぶらしては北から南までラーメンを食べ回っている。だからこうしてちょっと足を延ばしたからには、食べない、という選択肢はないわけです。

今回は人気店『巌哲《がんてつ》』を目指しました。実はこれまで何度か入ろうとして、昼休みだったり臨時休業だったり、でフラれて来た店。でも今日は早めに家を出て来たから、昼休みはよもやない。臨時休業だってそんなにあることじゃない。今回こそは、と勇んで行ってみたら、やっぱり開いてました。

私のバス旅の始まりは常に〈渋66〉系統から

注文したのは醤油《しょうゆ》ラーメン。鶏ダシの香りに薄口醤油の風味が絡まる。いや～堪らんですね。ここの店主、関西のお店で修業してここで独立したそうで、だから薄口醤油の使い方が巧みなんでしょう。

いやいや、これは美《お》味《い》しい。フラれても挑んで来た甲斐がありました。

大満足して店を出ると、いよいよ本日の目的地へ。乗るのは〈上58〉系統。これまたとっても面白いルートを走るんですよ。

まず「早稲田」バス停（都電荒川線の早稲田駅の近く）を出ると、新目白通りを「江戸川橋」へ。江戸川橋の交差点を左折して音羽《おとわ》通りに入ると、講談社の目の前を走り抜けます。故に講談社の社員さんには、この路線で通勤してる人がたくさんいるくらい。

護国寺の正門前でT字路にぶつかると、右折。不忍《しのばず》通りに入ります。後は延々、この不忍通り沿いに、ぐるりと回って上野を目指す、というルートです（55ページ上地図参照）。

東京で一番趣きがある道？　これが⁉

本当は鷗外記念館に行くなら、「団子坂《だんござか》下」バス停で降りれば一番、近いんだけど今回はもうちょっと先まで乗った。実は荷風は鷗外の家に至るまでの路地を、**〈東京中の往来の中《うち》で、この道ほど興味ある処はない〉**とまで絶賛してるんですよ。小説の中でも当然、このエピソードを使わないというテはない。だから実際に、歩いてみるしかないわけです。

その道とは荷風の筆によると、**〈絶壁の頂に添うて、根津《ねづ》権現の方から団子坂の上へと通じる一条の路〉**とある。地図を見てみるとなるほどこれかな、という細道があった。根津神社の裏から辿って行けば鷗外の居宅、今は鷗外記念館となっている場所にぴったり至る。荷風の書いている通りだ！

なので、「根津神社入口」までバスに乗った。せっかく来たんだから地元の御鎮守様に挨拶してから行こう、というわけだ。

そしたらちょうど、ツツジの季節でした。普段だったらツツジ祭りが開催される頃で、さすがにこの時はコロナでやってないみたいだったけど、人出はかなり多かった。いやそりゃこれだけ綺麗に咲いてたら、見たくもなっちゃいますよねぇ（笑）。人情、てモンでしょう。

さぁ参拝を済ませていよいよ、根津神社の裏手に出る。坂道を渡った先、日本医科大学付属病院の敷地の間を抜けるのが、当の路地だ。

だが入ってすぐ、「ハテナ？」と思った。

〈片側は樹と竹藪に蔽われて昼なお暗く、片側はわが歩む道さえ崩れ落ちはせぬかと危《あやぶ》まれるばかり、足下を覗くと崖の中腹に生えた樹木の梢を透《すか》して谷底のような低い処にある人家の屋根が小さく見える〉とまで荷風は書いているのだ。足下が危なっかしい、までは昔の話だから、今は舗装されてて安全でしょうと納得はいくもののこの文章だと、道はかなりの高台を走っていなければおかしい。なのに歩いてみても、大した高さではないんですよ。

おかしいなぁ。もう一本、上の道だったかしらん？

左手の高台の方へ行ったり来たりしてみたけど、やっぱり一本延びる道はこれしかない。そしたら途中からこの道、急な上り坂になりました。右手が見る見る「下界化」して行く。小学校と中学校が並んでいて、その敷地を見下ろすような格好になりました。

崖の縁沿いに細長い公園が整備されてて、この先が鷗外記念館であることが表示してあった。この道が「藪下通り《やぶしたどおり》」と呼ばれてて、鷗外の散歩道であり小説にも出て来ている旨も書かれてた。やっぱりこれで間違ってなかったんだ！

鷗外記念館はこの道と、団子坂とが交わる角に立ってるんだけど、鷗外邸の入り口はこっちを向いてたらしい。そして、その入り口の前から坂の方を見下ろすと——

急な階段が設《もう》けられてました。表示によると「しろへび坂」というらしい。いやまぁ確かにこれは、高いわ。鷗外邸の2階からは海が見えたそうで、「観潮楼《かんちょうろう》」と自ら呼んでい

根津神社の表参道鳥居をくぐると満開のツツジが出迎えてくれました。宝永３（1706）年に建立《こんりゅう》された拝殿などは国指定重要文化財です。コロナ禍の中でも多くの人が参拝していました

た、という。今は建物が立ち並び、海なんか望めるわけもないけど昔はなるほどそうだったんだろうなぁ、と納得。まぁ今は海の代わりに、東京スカイツリーが見えてますわね。

ただねぇ荷風先生、**〈左手には上野谷中《やなか》に連る森黒く、右手には神田下谷《したや》浅草へかけての市街が一目に身晴され〉**とまで書いて、ヴェルレエヌ（ポール・ヴェルレーヌ）の詩になぞらえているんですよ。ちょっとそれ、大げさじゃないんですかねぇ（笑）？　確かにまぁそこそこの高台だけどこのくらい、東京には他にもいくつもあるんじゃないんですか⁉

よもや荷風先生、大先輩の鷗外がご自宅をお気に入りだからって、ちょっとヨイショしたんじゃないんですかね（笑）。何だか、邪推までしちゃいましたよ。

もちろん、実際に道を辿った率直な感想は、小説にそのまま活かすつもり。別に荷風先生がエッセイに綴った感想を、現地で実証するのが目的でも何でもないんですから、ね。

これで充分、私の目的は果たせたわけです。

では、次は第3の犯行現場（と、自分で勝手に設定した）「こんにゃく閻魔《えんま》」の地へ向かいますか。

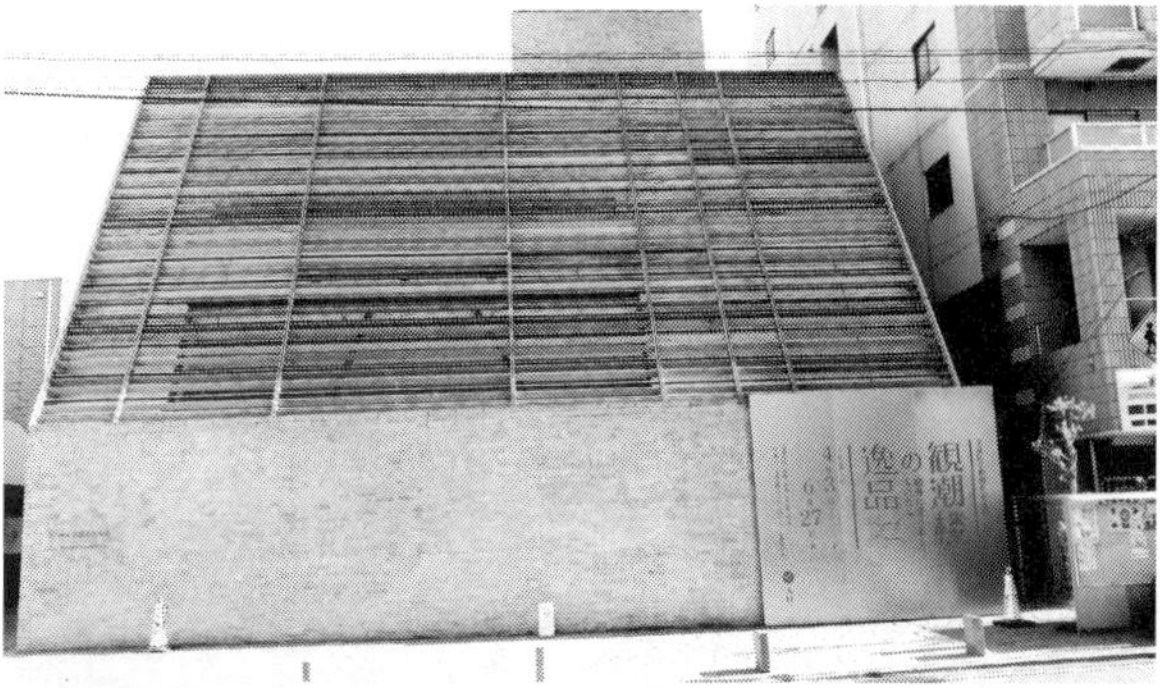

「観潮楼」と呼ばれた森鷗外の住居跡に建つ森鷗外記念館。鷗外の生誕150年を記念して平成24（2012）年に開館しました

「しろへび坂」の上に立つと正面のビルの左側に東京スカイツリーがうっすらと見えます

川の跡探し～ここは荷風と趣味が一致

森鷗外記念館の前から団子坂を不忍通りまで下りて、「団子坂下」バス停から〈上58〉系統の都バスに再び乗り込みます。

ここに来るまでも乗って来た路線だけど、ロケハンのために途中下車しましたからね。今度は終点まで乗ります。次の目的地に行くにも、それが都合がいい。

「不忍通り」の名前の通り、この道は「不忍池」の脇を走ります。池の傍《そば》を離れて、春日《かすが》通りに至ってもまだ直進。あれ、こんなルートを通ったんだっけ？　久しぶりに乗ったら忘れてたなぁ、と思ったら、次の細い一方通行で左折。中央通りに出てまた左折。「上野松坂屋前」バス停で終点となりました（55ページ下地図参照）。

バスを降りるとすぐ、目の前の春日通りを渡って「上野広小路《ひろこうじ》」バス停へ。こんなに近いけど一応、停留所名が違うんですね。〈上69〉系統に乗り換えます。これは最初、〈上58〉系統に乗る時にも利用した「早稲田」バス停や、「高田馬場《たかだのばば》駅前」なんかも通って「小滝橋《おたきばし》車庫前」まで行く路線。

ただし今回も終点までは乗りません。湯島《ゆしま》から坂を上り、地下鉄丸ノ内線の「本郷三丁目駅前」なんかを抜けて、今度は坂下り。峠越えをした感じで、「春日駅前」で下車します（56ページ上地図参照）。「こんにゃく閻魔」に行くには、ここが一番いい。

さて永井荷風の『日和下駄』ではこうあります。

〈小石川の富坂《とみざか》をばもう降尽そうという左側に一筋の溝川がある。その流れに沿うて蒟《こん》蒻《にゃく》閻魔の方へと曲って行く横丁なぞ即その一例である〉

東京市中の「廃址《はいし》」、つまり「廃《すた》れた建物」についての記述で、荷風は何ということもなくそういうものに惹かれる、と綴っているわけで、この頃から「廃れていた」建物なら今はもうないだろうとしか思えないけど、まぁ「溝川」の跡くらいできれば探してみたいじゃないですか。上に蓋《ふた》をされた川や水路＝暗渠《あんきょ》を探して町を彷徨《うろつ》くのは、私の大事な趣味の一つですからね。

地図で**〈富坂を降尽そうという左側〉**を見てみると確かに一本、細い路地が延びている。これだ！　と思い定めて行ってみました。

「こんにゃく閻魔」こと源覚寺《げんかくじ》は千川《せんかわ》通り（都道436号）沿いにあるんだけどその一本、

西側の路地。春日通りとの分岐点は何てことのない普通の一方通行だけど、これが荷風の言う「溝川」の跡なのに違いない。源覚寺の裏を通ってますし、ね。**〈蒟蒻閻魔の方へと曲って行く〉**という表現にもぴったり、合う。

暗渠巡りの醍醐味は、こんなところにあります。微妙にカーブを続ける小道を見つけ、「これ、川の跡じゃない？」と辿って行くと、「やっぱりそうだった」という証拠にぶつかったりする。その快感が、堪らない。

通りに入ってちょっと行くと、左側にはなるほど古そうな建物が並んでいた。まぁ荷風の時代からあった、とまではさすがに思えませんけどね。

おまけに道が左右に緩やかにカーブしてて、いか

見てくださいこの緩やかなカーブ！　川っぽくありませんか？

にも「元は川」っぽい。やっぱりここだなぁ、と喜びつつ道沿いに歩いてたら、文京区立の「礫川《れきせん》地域活動センター」という施設を見つけた。

ほらほらやっぱり川じゃん、と思ったんだけど、家に帰って調べたら「千川」の別名は「小石川《こいしかわ》」と言って、地名の元にもなった流れ。その名の通り小石（礫＝つぶて・れき）が多かった川らしく、だから「礫川」とも書いたんだって。だからこのセンター名は溝川から取られたんじゃなく、「千川」の別名だったんですね。近くに同じ名をとった小学校や、公園もあることが分かった。

こんにゃく閻魔に人間の業《ごう》を見る

だからまぁ、「絶対この路地が川！」と確信はできなかったものの、この位置関係と言い、緩やかなカーブと言い、荷風が書いているのはまずここのことでしょう。「千川」そのもののことを書くのなら「溝川」なんて表現するのはおかしいし、きっと細い溝でも昔この地にあったんでしょう。

てなわけで、まぁここだろう、というものを見つけて、ロケハンは終わり。せっかくなんで「こんにゃく閻魔」にお参りして帰ることにします。

江戸時代、目を患《わずら》った老婆がこの寺の閻魔堂に21日間の祈願をしたところ、夢の中に閻魔大王が現われ、「私の両目の内、一つを貴方に差し上げよう」とのお告げがあった。満願の日に本当に目が治ったので、老婆は感謝して好物の蒟蒻を断ち、お供えを続けた。だからここの閻魔様は本当に、右目部分が割れて黄色く光っているのだそうです。

行ってみるとお堂の前には大量の蒟蒻がお供えしてありました。やっぱり今も庶民は何かにあやかりたい、と願うものなんでしょうね。

笑ったのが同じ境内《けいだい》に「塩地蔵」というのもあって、もうお地蔵様だか何だか分からないくらい塩まみれになっていたこと。お身体に塩を塗ってお参りするとご利益《りやく》がある、というけれど、これじゃいくら何でもやり過ぎでしょう（笑）。巣鴨の「とげぬき地蔵」の観音様も、先代の像は参拝者がタワシで磨き過ぎて、顔だか何だか分からないくらい擦り切れていたものなぁ。

何とか救われたい、という人間の業を垣間《かいま》見たようなロケハンでした。

〝こんにゃく閻魔〟が安置されている閻魔堂がある源覚寺は、寛永元（1624）年創建という歴史あるお寺なんです

治したい所に塩を塗って祈願すると病が去るという塩地蔵

お参りされた人達がお供えしていった蒟蒻の山

根来橋《ねごろ》～またもラーメンからスタート

第2、第3の現場は小石川（現在の文京区内）と設定したので（実は第1も）、第4、第5はちょっと離れて現場を牛込《うしごめ》（同・新宿区内）にした。

小石川は永井荷風の生まれた町だし、牛込も余丁町《よちょうまち》に住んでた頃があるので、彼のエッセイの中には頻繁《ひんぱん》に出て来るんですよ。なので『日和下駄』をヒントに犯行現場を予告するなら、この2つの町を出すのは自然かと思ったわけです。

日を改めて、再出発。

例によって我が家から都バス〈渋66〉系統で、渋谷へ。「渋谷駅東口」からは〈池86〉系統に乗って、池袋方面に向かいます。ただし終点までは乗らず、「新宿伊勢丹前」で途中下車。「新宿五丁目」バス停へ移動して、〈白61〉系統に乗り換えます。これで本日、最初の目的地へ、Go。

この〈白61〉系統。「新宿駅西口」を出て靖国通りを「曙橋《あけぼのばし》」まで。立体交差で外苑東通りに上がって、早大通り方向に走ります。ただし交差点では早大正門とは反対側に右折し、更に左折して「江戸川橋」へ。神田川を渡って目白通りで「ホテル椿山《ちんざん》荘東京前」へ……とかなり興味深いルートを辿る路線で終点、「練馬《ねりま》駅」まで行くのも本当に面白い。だけどまぁ、今日は「牛込柳町駅前」（都営地下鉄大江戸線の駅の上）で下車（56ページ下地図参照）。車窓を楽しみに乗ってるんじゃないですからね。ロケハンですよ、ロケハン。

さて第4の犯行現場（と、私が勝手に設定したところ）はこの辺り。荷風は『日和下駄』の中でこう書いてます。

〈牛込弁天町辺は道路取りひろげのため近頃全く面目を異にしたが、その裏通なる小流に今なおその名を残す根来橋という名前なぞから、これを江戸切図に引合せて、私は歩きながらこの辺に根来組同心の屋敷のあった事を知る時なぞ、歴史上の大発見でもしたように訳もなくむやみと嬉しくなるのである〉

国会図書館デジタルコレクションの『江戸切絵図』「市ヶ谷牛込絵図」（33ページ）を見てみると、確かに「根来百人組」の表示が見える。きっと荷風先生も、同じこの図を見て「あっ、根来組って書いてあるぅ」なんて喜んでたわけですね。想像を巡らせると、ちょっと可笑《おか》しい。

ちなみに「根来衆」というのは戦国時代、紀伊国《きいのくに》北部の根来寺を本拠地とした僧兵集団で、傭兵としても活躍した。時代劇にもよく出て来ますよね。その集団が江戸時代、この辺りに屋敷を与えられて住んでいたということなんでしょう。

さてこの図には小川の表示はありませんが、市谷柳町の交差点から外苑東通りをちょっと北に向かうと、確かにいかにも川の跡らしき路地が分岐している。ただ現在、外苑東通りは大規模な拡幅工事が進行中で、昔の面影がどんどん失われてる、っぽい。**〈道路取りひろげのため近頃全く面目を異にしたが〉**って、これまた荷風先生の時代と同じじゃないですか⁉　そこまで一緒でなくていい、ってのに。

あんまり来ない地にせっかく来たんだから、とまずは牛込柳町駅近くでラーメンを。事前に調べて目をつけておいた店は、臨時休業でした。コロナの影響で不定休になってるらしい。

慌ててスマホの地図で検索してみると、裏路地にもう一軒見っけ。こっちは開いてました。

こうして巡り会った『ふくちゃん』は、定食類も充実した「町中華」でしたが、迷うこ

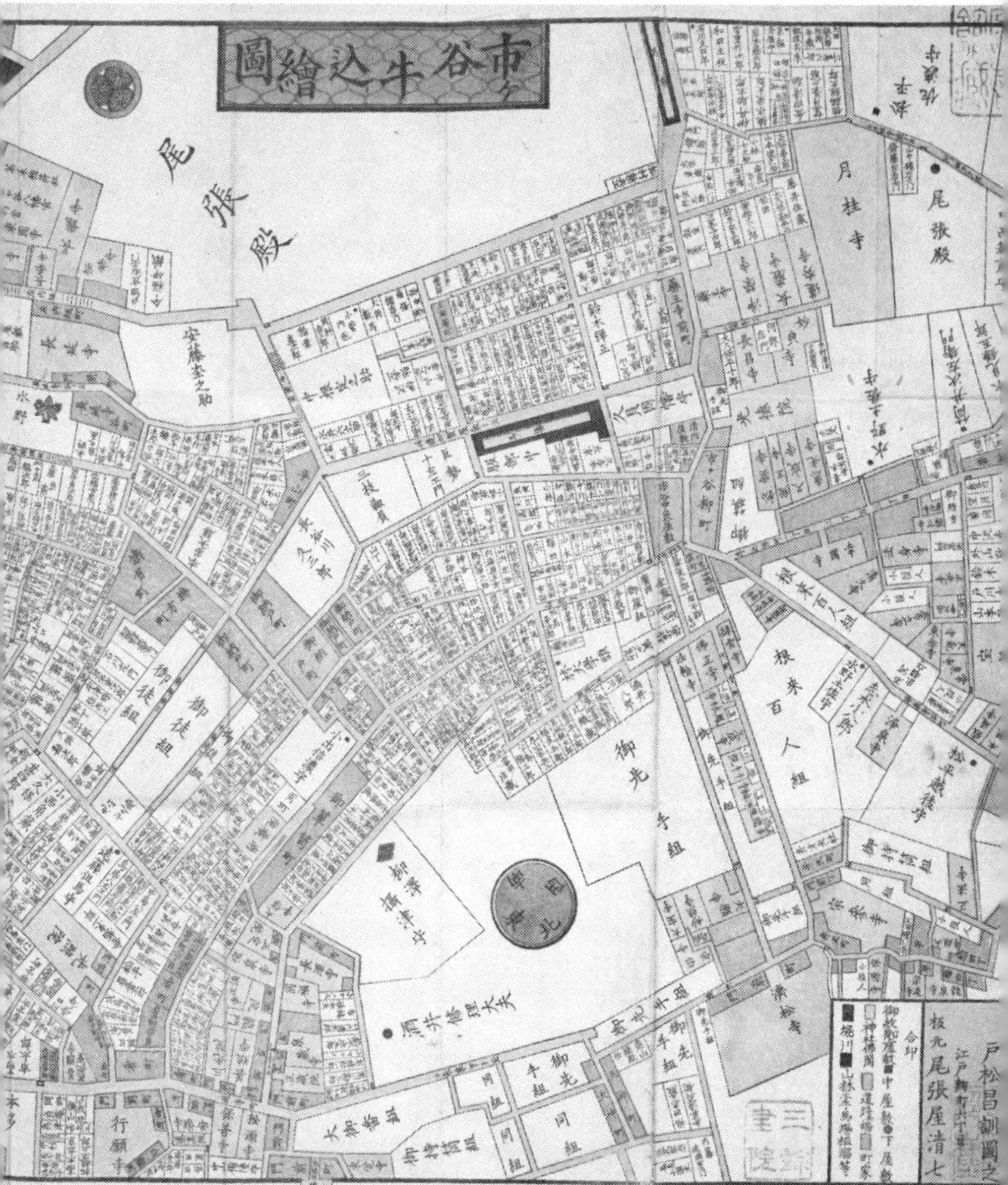

右下あたりに「宗参寺」というお寺があり、その上には「弁才天社」「根来百人組」という表記があります。周辺には「緑雲寺」「佛正寺」「法輪寺」「風林寺」「久成寺」「浄泉寺」などお寺がいっぱい！　左側に目をやると長屋だったことを示す「御《お》徒《かち》組」の表記があります。その周辺には屋敷らしきものもあり、こちらの地域には上級武士が住んでいたと思われます

景山致恭,戸松昌訓,井山能知//編『〔江戸切絵図〕』市ヶ谷牛込絵図,尾張屋清七,嘉永２－文久２(1849-1862)刊. 国立国会図書館デジタルコレクション https://dl.ndl.go.jp/pid/1286670 (参照 2023-01-17)

となく「醤油ラーメン」を頼む。やっぱり、最初は定番を味わっとかないと、ねぇ。

あっさり鶏ガラスープで、いかにも正統派東京ラーメン、という感じでしたよ。いやぁ、身体《からだ》が癒される味ですなぁ。美味《うま》い美味い。あっという間に完食でした。

川探しに続いて、橋探し

腹を満たし、体力を充填してから、いざ探索に出発。例の路地に入ってみると、墓地のある一角を緩やかに縁取るように、小道が緩やかなカーブを描いていた。いやいやいいですねぇ。川の跡っぽいですねぇ、この曲がり具合！

途中、拡幅された外苑東通りとくっつけるためにいかにも最近造られたばかり、という交差点もあったりして、ちょっと興醒め。その先では、いきなり突き出て来た敷地を避けるように、小道は急角度に曲がってた。

こういう、人工的な工事のせいらしき不自然な箇所はあったけど、その先に進むとまた綺麗なカーブがうねるように連なってた。

まぁ、ここまで来ればもう間違いない。やっぱりこの道、昔は川だったんです。暗渠好きの私が言うんだから、間違いない。

路地はいくつかの小路を跨ぎ、宗参寺《そうさんじ》（切絵図にも書かれてますね）という大きなお寺の参道を横切って、早稲田通りにぶつかる。ここから先は、現在では川の痕跡はちょっともう辿れない。

写真上にある「弁才天社」の横で川がキュッとカーブしているの、分かりますよね？

〈大江戸今昔めぐり製作委員会、（有）菁映社、（株）APPカンパニー、中川恵司〉Google

さてそこで改めてスマホで現在地図を見ると、「弁才天社」が昔のまんま、ここからすぐ近くにあることが分かった。旧町名「牛込弁天町」の名前の由来ですな。行ってみたら、小ぢんまりした社でしたよ。

ところがそこで、こういう町歩きの時に愛用している「大江戸今昔めぐり」というアプリを立ち上げてみて、ビックリ！　このアプリ、昔と現在の地図を重ね合わせて見ることができるんだけど、こっちには小川の跡がちゃんと描かれてた。「弁才天社」も描かれてて、よく見ると小川は、その敷地を急角度に回り込むように流れてるじゃないですか⁉

さっき、路地が急角度に曲がってるのを見て、工事の跡だろうなんて思ったんだけど、実はこれも昔のまんま、流れの痕跡を残してたんですね。いや、感動！　**〈歴史上の大発見でもしたように訳もなくむやみと嬉しくなる〉**と荷風先生の書いた通り。同じ思いを味わってしまいましたよ。

さぁもうここまで来たら、最後の疑問。では肝心の、「根来橋」はこの川のどこにあったのか？

今では当然、それらしき橋の跡は全くありません。ただ、流れを横切る小路がいくつかあった。そのどれかに架かっていた橋なのは、違いない。

「根来」という名前がついてるところからして、その敷地に接するところに架かっていた、と見るのは自然ではないでしょうか。すると切絵図にある、緑雲寺との境界地。そうあの、最初に路地に入った、緩やかなカーブに縁取られた墓地のあったところです。

この綺麗なカーブの連続は過去に川だったことの証拠です。根来橋の場所はここ（左下写真）に決まり！　あっ、そう思って工事用パイロンを立てたのは、私じゃありませんからね……

そう言えば「今昔めぐり」の図の方を見ると、川の流れが不自然に折れてますよね。橋を架けるために人工的に流れに手を加えた、というのはいかにもありそうに思われる。

きっとここだ。根来橋は、ここにあったんだ！

勝手に決めて満足し、当地でのロケハンを終えることにしました。次の、牛込御徒《おかち》町《まち》に向かいます。

ところがバスを待っていて、ふと近くの看板に気がついた。「才賀《さいが》組」。いや、一般的な建設会社ですよ。それは、間違いない。

でもねぇ。雑賀衆と言えば根来衆と並ぶ、

鉄砲武装した傭兵集団じゃないですか。織田信長《おだのぶなが》の死後、小牧《こまき》・長久手《ながくて》の戦いでは共に豊臣秀吉《とよとみひでよし》を攻撃した。徳川家康《とくがわいえやす》に重宝された根来衆は、同心として取り立てられる。彼らにこの地が与えられたのも、そういう縁からだろう。

一方の、雑賀衆。字は違うとは言え「さいが」の読みが同じで、しかもこの位置関係……もしや根来衆と同じく彼らの末裔《まつえい》も、徳川に取り立てられてこの辺りに住んでたんじゃないだろうか？ そしてその子孫が今も、ここに住んでいる、ってことじゃ⁉

さすがは「邪推作家」。胸にモヤモヤしたものを残したまま、次へと向かいましたよ（笑）。

ただし家に帰って調べたら、雑賀衆の読み方は正しくは「さいか」で、「さいが」は誤り、とありました。そう言えば「伊賀」は「いが」だけど、「甲賀」はホントは「こうか」だモンなぁ。ありゃりゃりゃ。

牛込御徒町〜上野の横とは全く違う

根来衆と雑賀衆の疑問に頭に「？」マークをつけたまま、来たバスに飛び乗った。

〈橋63〉系統。JRの「新橋駅前」と、大久保駅の向こう、「小滝橋車庫前」とを結ぶ路線で、私は都バスの中でもベスト5に入るくらいの面白い路線、と思っています。呑み屋街の新橋から、国会議事堂前へ。国会図書館前を通って自民党本部の前、と日本政治の中心部を走り抜け、紀尾井町から市谷を通って牛込。国立国際医療研究センターと総務省統計局の間を抜けて雑多な大久保の街へ……と色んな東京の顔を眺めながら走る。これが一本の路線なんて、と思うと楽しくて仕方がない。

……と、さんざん宣伝しましたが今回、乗ったのはたったのバス停2つ分だけ。だって第4と第5の放火現場、すっごい近いんですもの。まぁ勝手に決めたのは、自分自身なんですけどね。何でここに決めたんだっけ？　と記憶ももう曖昧《あいまい》なくらい。

さてさて「牛込柳町駅前」のバス停から乗って、「牛込北町」で降ります（57ページ上地図参照）。バスはここから牛込中央通りへ右折し、JR市ケ谷駅の方へ向かう。

バス停2つ分くらい歩いちゃえ、って？　いやまぁ、そうなんですけどね。でもこれまでも結構、歩いたんでもう足が疲れてた。この先もどれだけウロつくことになるか、分かりませんしね。だから移動の間くらい、足を休めたかったんですよ。いいじゃないですか、都バス一日乗車券なんだから。むしろなるべく多く乗った方が、お得なんだから。

さて永井荷風はこの辺りについて、こう書いてます。


〈牛込御徒町辺を通れば昔は旗本の屋敷らしい邸内の其処此処《そここ》に銀杏《いちょう》の大樹の立っているのを見る〉


「御徒町」って上野の横なんじゃないの、って？　そう、あっちは駅もあるので有名ですね。ただ「御徒町」というのは「徒士《かち》」、つまり乗馬は許されず徒歩で戦う下級武士の住む町だったから、ついた名前なんですよ。江戸にはあちこちにあったんです。

他にも似たような由来の町名に、伊賀組百人鉄砲隊が住んでいた、ということでつけられた「百人町」があります。ＪＲ新大久保駅の隣に皆中《かいちゅう》稲荷神社がありますが、鉄砲を扱う部隊だけに「皆、命中しますように」と祈っていたわけですね。

根来橋の話題の時にも掲げた切絵図（33ページ）を、もう一回見てみましょう。ね、「御徒組」の表示が並んでるでしょう。下級武士だから屋敷ではなく長屋に住んでた。広い敷地にただ「御徒組」とあるのは、ここに長屋が並んでた、という意味です。

この地割、現在もほとんど変わってません。道も多少、改修されたりはしてますが基本的にはこのままで、平行に真っ直ぐ走ってます。現在の町名ではそのまま北から順番に、新宿区北町、中町、南町に分かれてる。名前、そのまんま過ぎ！「御徒組」の周りには苗字の書かれた敷地や、大名屋敷らしい表示もありますね。この辺は上級から下級まで、色んな階層の武士が住んでた土地だったんでしょう。

そこが明治維新で武士がいなくなり、広い土地が空いた。代わりに金持ちが屋敷を構えたということでしょう。**〈昔は旗本の屋敷らしい邸内の〉**と荷風が書いたのはそういうことですね。

今度は大樹探し〜邪推作家、執念の捜査

さて問題は、ここから。荷風はその屋敷のそこここに**〈銀杏の大樹の立って〉**いたのが見えた、と書いている。武家屋敷は当然、もうない。荷風の眺めた頃の家主も入れ替わって、今はいないにしても、大木はまだ残っていてもおかしくはないじゃないですか。さぁ、この文章の面影を探して、銀杏探しに出発！

まずは北町の真ん中を東西に貫く通りへ。入り口の直ぐ左手に「区立愛日《あいじつ》小学校」があ

りました。学校があるってことはそれだけ、広い敷地がキープできたということ。先に進むとなるほど、マンションと並んで立派なお屋敷が点在してる。住んでる人は替わっても、この光景は荷風の頃と変わってない（マンションは別ですよ、当然）ということなんでしょう。

ところが、「あっ大木だ！」塀の向こうに聳《そび》え立つ木があったので歩み寄って見るが、残念ながら銀杏じゃない。その後も「あっ大木、でも松」「また大木、だけど杉」が続いた。

道を端まで歩いたので一本、南に移って今度は中町の真ん中を貫く道を歩いてみる。歩き始めてすぐ、左手に公園を発見。表示を見ると「中町公園」だ。

公園なら銀杏くらいあるだろう、と期待して入ってみたが、入り口に聳えているのは、榎《えのき》。公園の中をぐるりと回って見たけど、大木はいっぱいあったが銀杏は一本も立ってはいなかった。

悪い予感がし始めた。

このまま一日、歩き回って結局は銀杏だけ見つからない。別にそれで、原稿にならないわけじゃないけど、やっぱり寂しい。

とうとう中町の道も歩き尽くした。悪い予感がいよいよ募る。せっかくバスで癒した足の、疲れがぶり返すようだ。歩みが、重い。

ふと牛込中央通りの先を見ると、渡った向こうにも茂みのようなものが。別に昔の御徒町から一歩も外に出てはならない、なんて法はあるまい。通りを渡って茂みのところまで行って見た。そこは、「なんど（納戸）児童遊園」だった。だけど――

既に読者の皆さんにも予想がついたろうが、ここにも銀杏はなかった。

いやぁ、もう無理かな。大木をいっぱい見た。これで、満足して帰るしかないか。

ところがふと見ると、道の先にまた木が立っている。おっ、あれは⁉

別に植物に詳しいわけではない。でも東京にはいっぱい立ってますからね。しょっちゅう見てますからね。あれは、もしや……

歩み寄って見た。中学校の敷地の角。間違いない。銀杏だった。それもかなりの大木。空に突き刺さるように聳え立っていた。これだったら荷風だって、エッセイの中で取り上げる気になったとしてもおかしくはない。

更に正門の方に行ってみるとこれまた立派な銀杏。加えて校庭にも1本、立っているのが外から窺えた。

ふと学校の掲示板を見ると、学校便りが貼り出されてある。タイトルは、「大銀杏」！

そりゃこれだけ立派な銀杏に囲まれてりゃ、校内便りのタイトルにもなりますわなぁ。

いやいや何と素晴らしい中学校なのでしょう⁉　卒業生の思い出にはきっと、銀杏にまつわるものがいっぱいあるのに違いない。

お陰さまで大満足して、家路に就くことができたのでした。

あぁ、見つかってよかった。

深《ふか》川《がわ》扇《おうぎ》橋《ばし》〜途中、新橋でラーメン

いよいよ「荷風の旅」の最終日。最後の犯行現場（と、自分で勝手に設定した）深川扇橋へ行ってみます。

いつものように我が家を出ると、都バス〈渋66〉系統で渋谷に出た。渋谷から深川、ってバスではなかなか行きづらいんだけど、事前に考えてたルートはあった。

まずはＪＲ新橋駅前へ。渋谷から新橋、って〈都01〉〈都06〉〈渋88〉と3系統もルート

ついに見つけた！　銀杏を見てこんなに嬉しい気持ちになれるなんて歩き回ったかいがありました

があって、それぞれ楽しいんだけど、今日はちょうど〈都06〉が目の前から発車するところだったので、慌てて飛び乗った。

明治通りに沿って走り広尾《ひろお》、麻《あざ》布《ぶ》の高台をぐるりと回り込んで、麻布十番へ。そこから古川沿いに東に向かい国道15号線（通称「第一京浜」）へ。左折して北上し新橋、というコースです（57ページ下地図参照）。

地図が細かくって分かりにくいでしょうが、「へぇずいぶんと、ぐるーっと回る路線なんだなぁ」

と実感して頂ければ結構です。改めてこうして見てみると、ずーっと渋谷川（天現寺橋《てんげんじばし》から下流は「古川」）沿いに走ってもいるんですね。

さて〈都06〉系統は第一京浜沿いに降車場があるので、「新橋駅前」とは言いながら、駅とはちょっと離れてる。でもいいんです。今日、食べようと思ってたラーメン店『銀笹《ぎんざさ》』にはそっちの方が近かったから。

ここも過去に2回、フラれてる。考えてみりゃ牛込柳町の時でも、最初に行こうとした店は閉まってたし、なぁ。まぁ、こうなんです、私は。行こうと思ってた店に入れない、なんてことはしょっちゅう。また、楽しみにしてた日には雨が降る。そんな人生なんです、私は。

ちょっとイジケてみせたけど、この時はいつになくパッと入れた。常に行列の人気店で、カウンターは当然のように一杯だったけど、何とか待たずに座れた。こんなこと、滅多《めった》にありません。

頼んだ塩ラーメンがまた、あっさりすっきりスープで、あぁ、美味い。ダシは鯛《たい》から取ってるらしく、ツミレまで入ってて、もうラーメンと言うより何か別な和食料理みたい。

こりゃ女性に人気なのも当然だなぁ。

満腹になって店を出た。そこで、ふと思いついた。

次へ進むには、新橋駅前に戻るよりこっちに行った方が早いんじゃないのか、と。そこで晴海《はるみ》通りまで歩いた。

「築地」バス停で待っていたら、〈都05－2〉系統がやって来たので、さしたる考えもなしに乗り込んだ。元々〈業10〉系統で豊洲《とよす》まで出ようと思ってたんだけど、これも確か「豊洲駅前」を通るんじゃなかったかな、と思って。

ところが乗り込んでから改めて調べたら、こっちは「新豊洲駅前」しか通らないんですね。まぁ、乗ってしまったものは仕方がない。「新豊洲駅前」で下車して「豊洲駅前」まで一駅分、てくてく歩きましたよ。ろくに確かめもせずに飛び乗る自分が悪いんですからね。誰も恨むことはできません。

美味しいラーメンに待たずして会えたんだから、これくらいの見返りはありますよ。むしろこれくらいで済んでよかった、と思わなければ。

さていよいよ「豊洲駅前」から、〈錦13〉系統に乗り込んだ。これで今日の目的地、扇橋まで行くことができる。

かなりぐねぐね曲がって目的地を目指す。途中、「えっ、こんなとこ⁉」というような細道にも入る。乗っていてかなり楽しい路線でした。「バス旅」っていいなぁ、と改めて感じ入る（58ページ地図参照）。

「扇橋一丁目」バス停で下車。降りるともう、目の前は新扇橋。

来てみるまでは、昔ここに旧「扇橋」が架かってて、新しく架け替えたから「新扇橋」なのかな、と思ってた。

ところが違いました。新扇橋が架かってるのは小名木川《おなぎ》。ところが扇橋は大横川《おおよこ》に架かってるんです。90度、方向が違いますね。バス停から左手方向にあるのが、扇橋。

ここで国会図書館デジタルコレクション『江戸切絵図』を見てみましょう。ちょっと文字がかすれて読みにくいけど、真ん中の辺りに「扇橋」の表示があるでしょう。図に名は書かれてないけど、これが架かってる川が大横川。江戸城から見て横に流れてるので、この名があるそうです。

逆に、横に流れてる川の左の方に、小名木川の表示があるでしょう。見てみると分かる

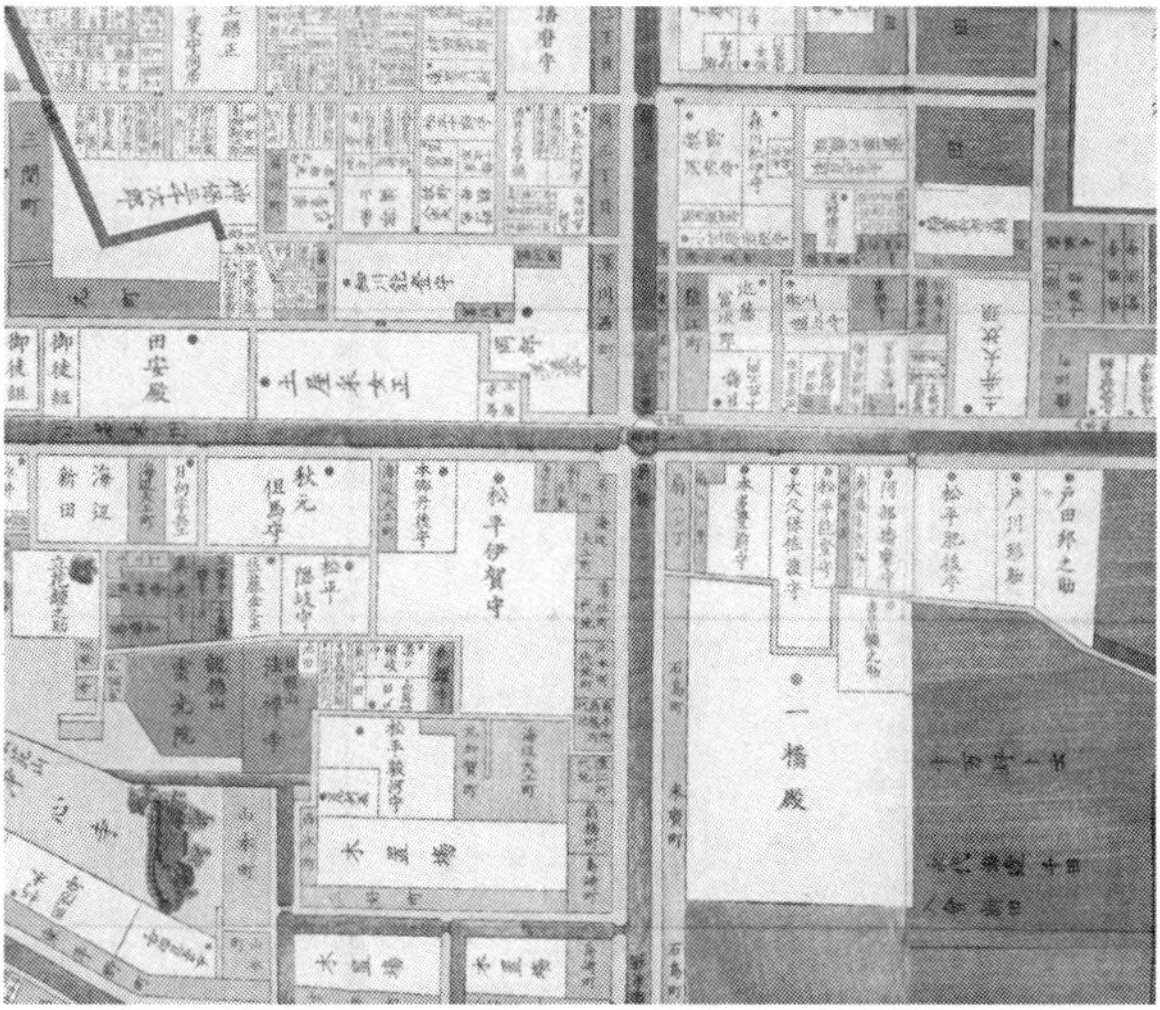

見にくいですが、真ん中の十字になっている部分に「扇橋」の文字があります。そこから左側に目をやると「小名木川」の表記も確認できます
景山致恭,戸松昌訓,井山能知//編『〔江戸切絵図〕』深川絵図,尾張屋清七,嘉永２－文久２(1849－1862)刊. 国立国会図書館デジタルコレクション https://dl.ndl.go.jp/pid/1286680 (参照 2023-01-17)

江戸時代と変わらず直角に交わる２つの川。ドローンがあればもっと分かりやすく撮れたのに！

ように、今の位置に新扇橋は架かってない。この時代にはなかったんですね。まさに「新」。

2つの川、綺麗に直角に交わってますよねぇ。今も、このまんま。写真に撮ってみたけど、低いとこから見たらちょっと分かりづらいですね。辛うじて、交差していることくらいは分かりますか？　ドローンで空撮でもできればよかったんですけどね。

さぁ見てみれば察しもつくように、自然の川がこうも綺麗に直角に交わるわけがない。この辺を流れてるのは、みんな運河なんです。と、言うより、この辺りはかつて海だったんですね。埋め立てで造成された土地なんです。

江戸がまだ町造りを始めたばかりの頃、摂津国《せっつのくに》（現在の大阪府）から来た深川八郎右衛門《ふかがわはちろうえもん》が小名木川北側の干拓を行い、出来た土地を「深川村」と名づけた。「深川」って時代劇なんかを観ているとしょっちゅう出て来る地名だけど、そういう名前の川が流れてたんじゃなくて人名だったんですね。

扇橋閘門《こうもん》〜ここは東京のパナマ運河⁉

永井荷風は『日和下駄』の中で、扇橋についてこう書いてます。

扇橋閘門は実際目にするとなかなか迫力がありますよ。お暇なときに行ってみてください

〈凡《すべ》て構渠運河の眺望の最も変化に富みかつ活気を帯びる処は、（中略）深川の扇橋の如く、長い堀割が互に交叉して十字形をなす処である〉

昔は物流の中心は、水運だった。ここを数多くの船が行き交っていたのであろうことは、想像に難くない。

実はさっきの新扇橋の袂《たもと》で、「民営機械製粉業発祥の地」という碑も見つけていたんですよ。明治を代表する実業家、雨宮敬次郎《あめのみやけいじろう》が水運の便のいいこの地に蒸気機関による製粉所（それまでは水車で粉にしていた）を建てた。現在の株式会社ニップン（２０２０年までは日本製粉）です。どれくらい水運の中心だったか、を表すエピソードですよねぇ。

さて、写真で見ても分かる通り、現在では昔ほど行き交う船の姿も見当たらず、水の流れも穏やか。埋立地に造成された川だから水流もないのかと思ったら、そんなことはない。ちゃんと理由があるのでした。

それが、「扇橋閘門」です。

「閘門」とは水位の異なる河川や運河などで、水門を設けて間を堰《せ》き止め、水位を上下させて船を通す装置のこと。パナマ運河がこの仕組みを採用していることで有名ですね。

写真は西側（隅田川の方）の門ですが、間の水位を調整するのだから東側にもう一つ、あります。ただしそっちも撮ろうとしたけど工事中だったり、間に障害物があったりで上手く撮れなかった（汗）。

近くにあった説明板によると、門の西側は東京湾の干満の影響で2メートル近くも水位が上下するのに対して、東側は排水作業によって常に低水位に保たれている、とか。

2メートルも水位が揺れ動いたんじゃそりゃ流れが激しくなって、大変だ。閘門が必要なのも道理、なわけです。

この施設がなかった時代、潮の満ち引きで川の流れも変わり、交差点であるここには大量の水が流れ込んで大きく波打っていたことでしょう。とてもこんな静かな水面ではなかった。

おまけにそこを大量の荷物を積んだ船が行き交うわけだから、まさにてんやわんや。荷風先生の書いた通り**〈最も変化に富みかつ活気を帯び〉**ていたろうことは容易に想像がつきますね。

運河の形も元のままで、橋も昔の位置に架かってる。描写当時の様子も実感できたことで、有意義なロケハンとなりました。

この時は「後は小説を書くだけ」という段階だったけど、前述の通りそれももう書き上げ、今は２０２３年内の出版を目指してる。

それもこれもこうした実り豊かな取材のお陰でしょう……感謝‼

永井荷風『日和下駄』バスルート

①幡ヶ谷駅前➡渋谷駅前

さぁて東京路線バスの旅の始まりです。私の場合、我が家の近くを走る都バスは〈渋66〉だけだから、スタートはいつもこれ。ハイライトは〝裏渋谷〟を走るオーチャードロードで、こんな狭いとこを？　という道をバスは行く。渋谷暴動事件で中核派に惨殺された中村恒雄警部補（2階級特進）の慰霊碑もある

②渋谷駅東口➡早大正門

この〈早81〉系統もオススメ路線の一つ。明治通りを離れていったんJR原宿駅前へ回り込んだり、千駄ケ谷駅前を通ったら立体交差で外苑西通りに下りて、線路の下を潜ったり、どうしてこんなコースを!?　と思ってしまうルートが満載です。こういうのが路線バスに乗る楽しみの一つなんだよなぁ

③早稲田➡根津神社入口

〈上58〉系統は大回り路線。新目白通りから江戸川橋を渡って音羽通り、護国寺前で不忍通りに出ると、後はこの通り沿いにぐるーっと本郷の高台を回り込みます。森鷗外記念館には「団子坂下」の方が近いんだけど、2つ先の「根津神社入口」で下車。荷風センセの絶賛した道を歩いてみましょう

④団子坂下➡上野松坂屋前

「団子坂下」から再び〈上58〉系統へ。終点まで乗ったので久々に全路線、乗り潰したなぁ。終点は「上野松坂屋前」なんだけど、ここから早稲田行きに乗れば不忍池の前まで出て、池をぐるりと回り込むように走ります。行きと帰りで違うルートが楽しめる。そういうコースもあるのが、路線バスの興趣の一つ

⑤上野広小路➡春日駅前

先ほど降りた「上野松坂屋前」から歩いて目の前、「上野広小路」バス停から〈上69〉系統に乗り換えました。こんなに近いのに停留所の名前が違うのは、何故？　さっき書いた〈上58〉系統の早稲田行きと同様、不忍池の前を走ります。本郷の高台へ坂を上がって下りますが、歩いたらこれ、大変ですよ

⑥渋谷駅東口➡新宿伊勢丹前➡(徒歩)新宿五丁目➡牛込柳町駅前

今日もまずいったん渋谷に出、今度は〈池86〉系統に乗って新宿方向へ。「新宿伊勢丹前」で降りて、「新宿五丁目」バス停から〈白61〉系統に乗り換えます。ここも近いバス停なのに名前が違うなぁ(笑)。〈白61〉は本当に面白いルートを走る路線で、私は練馬に用がある時は極力、これに乗る

⑦牛込柳町駅前➡牛込北町

〈橋63〉系統は私的都バス路線ベスト５から外せない、大オオスメ。新橋と大久保という雑多な街並みを繋いでいるのに、途中に国会議事等前や自民党本部前も走るという、このギャップが堪らない。でも今回は乗ったのはたったの２区間。いいんです、足が疲れてるし、そのための一日乗車券なんだから

⑧渋谷駅前➡新橋駅前

渋谷駅前と新橋駅前とを繋ぐ都バスは〈都01〉〈都06〉〈渋88〉と３系統もあって、どれも趣きがあるんだけど今回はたまたまやって来た〈都06〉に飛び乗った。改めて思ったけどこれ、ずーっと渋谷川（天現寺橋からは「古川」）沿いに走るんですね。降りた場所も目的のラーメン屋に近く、ラッキー

⑨築地➡新豊洲駅前➡（徒歩）豊洲駅前➡扇町一丁目

築地で〈都05-2〉に飛び乗ったら、うまく乗り換えられないことに気づき、「豊洲駅前」まで歩いて〈錦13〉系統へ。これ、乗ったの初めてだったなぁ。いきなり狭い路地に入り込んだりして、もうワクワク。何でこんなコースを走ることになったんだろう？　想像が膨らむのもバス旅の醍醐味です

第2章

鬼《おに》平《へい》の「墓」と「家」を探せ

「鬼の平蔵《へいぞう》」の予備知識

『鬼平犯科帳』が好きだ。大好きだ！

池波正太郎《いけなみしょうたろう》センセの原作も当然、全巻持っていて座右の書だが、何たって中村吉右衛門《なかむらきちえもん》（惜しいことに亡くなってしまわれましたね）主演のドラマがいいですねぇ。我が国の宝です！

てなわけで今回は、鬼平のお墓巡りに出発。

え、お墓？　彼って実在したの、って？

そう。よく誤解されてる方もいらっしゃるけど、鬼平は池波センセの創造の産物じゃなく、本当に江戸時代にいた人なのでした。まぁ本当に小説通りの人だったかは分からず、あの人となりはセンセの造形によるところが多分にあるのでしょうが。おまけに「鬼の平蔵＝鬼平」の呼び名も、池波センセがつけたもの。ただ、まぁ、実在したことだけは間違いない。野村胡堂《のむらこどう》センセの生み出した銭形平次《ぜにがたへいじ》なんかとはその辺、一線を画すわけですね。お陰でこんな楽しみ方をすることもできる。

私の家の本棚にはこれでもかとばかりに私のヒーロー・鬼平がいます

「鬼平」こと長谷川《はせがわ》平蔵宣以《のぶため》は延享《えんきょう》3（1746）年、400石の旗本、長谷川平蔵宣雄《のぶお》の長男として生まれた。宣雄は火付盗賊改方頭《ひつけとうぞくあらためがたがしら》や、京都町奉行などを歴任している。

宣以は青年時代、風来坊の暴れ者で「本所の銕《てつ》（当時、銕三郎あるいは銕次郎と名乗っていたため）」と呼ばれ恐れられていた。が、父が京都町奉行に任命されたのを機に、妻子を連れて自身も京都に移った。ところが安永2（1773）年、父が永眠。江戸に戻って長谷川家の家督を継ぐ。

数々の役職を経た後、天明7（1787）年、父と同じく火付盗賊改方に任ぜられる。42歳の時だった。

いくつもの大捕物を成功させ、名を轟《とどろ》かせるが、同僚達からはあまり快く思われていなかったらしい。寛政7（1795）年、8年間、務め上げた火盗改の役職を離れ、僅《わず》か3ヶ月後に没した。

火盗改頭の仕事は激務である上に懐《ふところ》からの持ち出しも多く、基本の任期2、3年も待たずにお役御免を願い出る者も多かったそうだから、8年というのは異例の長さと言っていい。

長谷川家の菩提《ぼだい》寺は四谷に今も残る「戒行寺《かいぎょうじ》」。ただし現在、墓所は杉並区堀ノ内の共同墓地に移転している、という。堀ノ内なら我が家からは、恒例の都バス〈渋66〉系統で一本で行ける。

早速いつものバス停「幡ヶ谷駅前」へ。ただしいつもとは違い、甲州街道の南側。都心部に向かう時には渋谷駅前行きに乗るけど、今回は逆の阿佐ケ谷方面なのだ。

「幡ヶ谷駅前」を出たバスは甲州街道を西に向かい、大原の交差点で環七を右折。後はこれ沿いに北上して目的地へ、というルートだ。途中、神田川と善福寺《ぜんぷくじ》川を渡る。2つの川に削られた谷を跨ぐため、上がったり下りたりが続き乗っていて楽しい。「川好き」好みのルートでもあるんですね（笑）。

さて事前に地図で墓所はだいたいこの辺り、と把握してはいるけど、正確な位置は分からない。最寄りかどうかまでは知らないけど、近いのは間違いない「堀ノ内」バス停で下車した（100ページ上地図参照）。

ここは江戸時代から有名な名刹、妙法寺《みょうほうじ》の門前町。元々は真言宗の尼寺だったが日蓮宗に改宗し、碑文谷《ひもんや》の法華寺にあった祖師像をもらい受ける。この日蓮の祖師像が厄除《やくよ》けにご利益があると評判になり、参拝客が詰め掛けるようになった、という。落語『堀の内』の舞台としても有名ですね。

いつもの〈渋66〉系統だけど、今日は逆方向に乗ります

環七からお寺の参道に入る入り口には、立派な石碑が立っていた。せっかく来たんだから、とお参りに行く。参道に入ってちょっと歩いたら、すぐ右手が境内でした。

今日の探索も上手くいきますように。鬼平の墓がちゃんと見つかりますように、と手を合わせた。

さて再び環七に戻って、歩き出す。北へ向かう。このどこかからちょっと左手に入れば、目指す墓地がある筈と事前に地図で押さえてあった。

ない、ない。墓所がない……実は本当に、ない

ところが、なんですよ。

この一帯、寺町になっていて周りには実に寺が多い。さっきの妙法寺だけじゃないんですね。

「あっ、何か茂みがある」「墓地じゃないかな」と近づいて見るけど、別のお寺。そんなのが続いた。

嫌な予感がした。

第1章で、永井荷風の『日和下駄』に描かれた町を散策した時のこと。銀杏の巨木を見つけたいのに違う木ばかりで、難渋した。あの時のことを思い出してしまったのだ。

幸いあの時は最後に見事な大銀杏に巡り会い、章の締めとしても理想的な感じに収まった。でも毎回、そう上手くいくとも限らないじゃないですか。

今回は見つからなくて、終わり。そんな最悪の結果が目に浮かぶようにも思えて来る。まぁイザとなったらスマホで調べれば何とかなるんでしょうけどね。なるべく、そんなことはしたくない。足で探し出したい。

これ以上、環七を北へ進んでも杉並区の文化施設「セシオン杉並」があるばかりだ。そこから先はもう高円寺陸橋。寺の敷地は、もうない。

そろそろこの辺で、左手に入ってしまおう。腹を決めて、環七を背にした。路地に入ってみるとますますそこら中、墓所だらけに思えた。

「おっ、墓地だ」と見つけて歩み寄ってみる。でも、違うお寺。またもそんな展開が続く。そもそも探しているのは、複数のお寺が共有する墓地なのだ。そんなの本当に見つかるの⁉ 嫌な予感が更に募る。と――

左手をふと見ると、そこにも墓地があった。掲げられた看板を見て、ホッと一安心。4つ並んだ中の一番、右側に「戒行寺」の名前があるじゃないですか。あったあった、ここだここだ。取り敢《あ》えず、墓所は見つけた。これで第一段階、クリア。

ただ、足を踏み入れてみると敷地はかなり広い。この中で本当に、お墓を見つけ出すことができるのか。再び不安が頭をもたげる。墓地の場所まではスマホに頼ることはできても、個々のお墓まではさすがにムリですからね。

ところが今回も杞憂《きゆう》だった。歩き始めてすぐ、見つかった。まぁ、大きいですからね。目立ちますわね。

えっ、こんなに大きいんだ？　さすがは鬼平の墓！　と思われた、あなた。残念ながら、違うんですね。これ、実は無縁墓を積み重ねた塚なんですよ。

あの鬼平なのに無縁墓って⁉　とショックを受けた方。その通りなんです。

実は四谷の戒行寺から長谷川家の墓を移す時、何かの手違いで行方不明になってしまったらしいんですね。

そんなもったいない、と感じるのは当然だけど、当時は『鬼平犯科帳』も書かれてはいなかった。こんなに広く知られるようになったのは、池波センセの小説あって、のことなんです。そのころ既に一般にも有名人だったら、もっと大切に運ばれててこんなことにはなってなかったろうになぁ、とは思うけど。これぱっかりは仕方がない。

前述の通り、塚は無縁墓を積み重ねたもの。なので、もしかしたらこの中に「長谷川」と彫られた墓石はないか、と探してみた。言うまでもなく、見つかりませんでしたけどね。だってこれまで、無数のファンが同じことをして来た筈でしょう。で、もし見つかってたらそれこそ「あったあった！」と自慢タラタラになっているわけでしょう。だからこれまた、仕方がないですね。

それにしても、と感じます。無縁塚どころか墓地そのものにも巡り会えない可能性だって、あり得たんですからね。さっき、嫌な予感もした。でも幸い、見つけることができた。

そしたら今度は内心、もっ

この大きな無縁塚の中に「長谷川」の墓石は見つからず

と苦労した方が読み物としては面白くなってたのになぁ、なぁんて考えてる。人間なんてつくづく、勝手なものですね。

意外にあっさり見つかってくれたのも、きっと「お祖師様」にお参りしたご利益なんでしょう。感謝して、墓所を後にしました。

続いていよいよ、四谷の戒行寺に向かいます。

四谷〜鬼平の眠っていた土地

鬼平の墓を無事（ただし無縁塚だけど）見つけ、環七に戻る。ここからは新宿に向かわなければならない。乗るのは都バス〈宿91〉系統。

来る時に降りた、「堀ノ内」バス停からも乗れるけど、ここまで来たら「セシオン杉並前」の方が近かったですね。だから私と同じように、お墓を探してみようという方は覚えておくといいですよ。最寄りのバス停は、「セシオン杉並前」ですよ。

バスは環七を北へ向かうが、高円寺陸橋の交差点ですぐ右折。後は延々、青梅《おうめ》街道を東へ走って新宿に至ります（100ページ下地図参照）。

新宿駅西口では都バス〈品97〉系統に乗り換え。ロータリーを出ると青梅街道に戻り、更に東へ。大ガードを潜《くぐ》って新宿通りに入り、四谷三丁目の交差点で右折。外苑東通りを南下してJR信濃町《しなのまち》駅を跨ぎ、青山墓地の横を走ったりして最終的には品川駅の高輪《たかなわ》口に到達する。乗っていてなかなか楽しい路線なんです。

ただ、今日はそんなには乗らない。「信濃町駅前」の一つ手前のバス停「左門町《さもんちょう》」で降りました（101ページ上地図参照）。鬼平の一族、長谷川家の菩提寺、戒行寺に行くにはここが便利。

外苑東通りを背にして細い通りに入ると、すぐに雰囲気が変わる。大通りの喧騒から解き放たれたように、しっとりと落ち着く。ここもまた堀ノ内と同様、寺町なんですね。

実は戒行寺そのものにはずっと以前、来たことがあった。だから全く未知の土地、というわけではなかった。ただ、とにかくかなり以前の話だから、もう記憶がほとんどない。確か、こっちの方に行ったら「於岩《おいわ》稲荷」があったよなぁ、とか曖昧に覚えてるくらいです。

そう。あの『東海道四谷怪談』のお岩さんにまつわる神社ですね。これはまたとっても興味深いテーマなので、次の章で取り上げます。お楽しみに読み進んで下さい。

さて、最初に入った細道を真っ直ぐ進むと、両側に寺が並びます。線香の匂いがほんのりと漂う。こんだけ寺があって目指すものを見つけられるのか⁉ と不安になるかも知れないけど、墓地の時と違ってこちらは大丈夫。戒行寺はこの通り沿い、外苑東通りの側から来れば、左手に入り口があります。

通りはここから先、急な下り坂になっている。名前はそのまま、「戒行寺坂」。

山門を潜るとすぐ右手に、「長谷川平蔵宣以供養之碑」が立ってます。見つかるの、あっさりですね。堀ノ内の無縁塚を見つけるのより、更に楽。まぁ苦労するのがテーマなわけじゃないですからね。ずっと以前に一度、こっちは見に来たことがあって僅かでも土地勘があった、というのもあったし。

前にも述べた通り、長谷川家の墓は見失われて今はもうない。だから代わりに無縁塚や、この供養碑に手を合わせるしかないわけです。でもまぁ、あるだけまだいいよね。何もなかったら寂し過ぎる。

本堂にも手を合わせて、寺を後にしました。境内には、立派な仏塔も立ってました。

長谷川平蔵供養碑がある戒行寺は、もとは四谷（麴《こうじ》町《まち》）にあったのが江戸城の外堀工事の際に現在の場所に移転したそうです

闇《くらやみ》坂《ざか》の先～この土地の持つ意味とは

来た道をちょっと戻る。すると左手、松巖寺《しょうがんじ》と永心寺《えいしんじ》の間に、細い路地が延びてます。すぐに急な下り坂になりその名も「闇坂」。両寺の樹木が茂り薄暗かったのが名の由来、というけど、さすがにオドロオドロし過ぎでしょ⁉

さっきも「戒行寺坂」があったように、この辺りは本当に坂が多い。下りた先は、すり鉢の底のような地形になります。ここからはどこに向かうにも、どれかの坂を上がるしかない。

折れ曲がった路地を抜けると、JR中央線のガード下に出ました。ここを右に行くと、信濃町駅に至ります。

線路の向こうは首都高が走っていて、2つのガードを潜ると左手に大きな公園がありまず。新宿区立「みなみもと町公園」。

その入り口の脇に、知らなきゃ通り過ぎてしまいそうな小さな祠《ほこら》がある。「鮫《さめ》ヶ橋せきとめ神」。その横には「四谷鮫河橋地名発祥之所」と彫られた石碑もある。

本編と関係ありませんが鮫の中には淡水適応できる種もいるそうです

実はさっきのJRガードも「鮫ヶ橋通ガード」。字が違ったりするけどこの辺りは以前、「鮫河橋」と呼ばれていたんですね。

　湧水があり、赤坂の溜池に注いでいた、とか。鮫がここまで遡《さかのぼ》ったりしていたので「鮫河」と呼ばれ、架かっていた橋を「鮫河橋」といった。昔は海は今よりずっと内陸まで入り込んで来ていて、皇居のお濠《ほり》も江戸湾の名残というから、鮫がここまで来ていたとしてもあり得ない話ではないでしょう。

　さっきの「せきとめ神」も、川に

の赤坂御所）に流すための沈殿池があった。その池を守るためのお宮だった、というわけです。

由来がある。流れがあった頃、ここで堰《せ》き止めて浮いているゴミを除去し、東宮御所（今

綺麗な一戸建てやマンションが立ち並んでいる現状からすれば想像もつかないが実は、明治時代はこの辺りには「東京最大」とまで言われたスラム街があった。確かに今も低地だから、舗装もされていない時代には雨でも降れば、雨水はここに流れ込んで来たことだろう、と想像はつく。湿気が多く劣悪な環境にあったことは、間違いない。

明治32（1899）年に出された横山源之助《よこやまげんのすけ》の『日本の下層社会』（岩波文庫）によれば、「都会発達に伴う病的現象である貧民部落」がここにあった、という。人口5000人、千数百戸が犇《ひし》めき合っていた、と記されている。

それは、江戸の時代から同じで、当時から無宿人や渡世人が流れ込み、治安の悪い土地柄として知られていた、とか。

そこで鬼平に連想は戻る。

盗賊を大勢、逮捕した手柄と長い在任期に、もう一つ。長谷川平蔵宣以の功績として知

られているのが、石川島の「人足寄場《にんそくよせば》」の建設だった。現代の刑務作業所にもその精神は、脈々と受け継がれている。

それまで罪人は、刑を科され刑期を務め上げればそのまま放任が当たり前だった。だが手に職も、金も持たずに世間に出たところでできることなど何もない。再び犯罪に手を染める累犯者が多かった。

だからこそ宣以は犯罪者の更生施設として、「人足寄場」を作ったのだ。ただ、閉じ込めるのではなく職業訓練を施し、手に職をつけさせると同時に、労働に見合った手当も出す。再犯率を下げることを主な目的としていた。若い頃、無宿人らと暴れ回っていた体験から彼らの気持ちや立場がよく分かっていた故、であるのは間違いない。

池波センセもこれらのエピソードから彼の人柄に惹かれ、『鬼平犯科帳』を構想したんでしょう。知る人ぞ知る存在に過ぎなかった宣以はお陰で一躍、歴史上の有名人と化した。シリーズは未だに高い人気を誇り、私らを楽しませてくれている。

その鬼平の眠る墓は当時、流れ者の集まる町を見下ろす場所にあった。きっと死した後もずっと、彼らを温かく見守っていたのではなかろうか。悪いことはその辺でやめて、そろそろ真《ま》っ当《とう》に生きろ、と。

2つの墓を巡った後にこの地に立つと、しみじみそんな気がしてなりませんでした。

鬼平の家探しに出発～まずは役宅へ

実在したんだから鬼平には、ちゃんと家もあった。

まずは、役宅。小説では部下の佐嶋《さじま》忠介《ちゅうすけ》（筆頭与力）や酒井《さかい》祐助《ゆうすけ》（筆頭同心）らが詰めて、捜査方針を打ち合わせたり、密偵のおまさや相模《さがみ》の彦十《ひこじゅう》らが庭先に現われて、街の情報を平蔵に告げたりする。あの屋敷ですね。ある意味、鬼平のドラマで最も出て来る家、と言って過言ではない。

手元にある『江戸古地図散歩』（池波正太郎／平凡社）の中で、池波センセはこうつづられている。

〈鬼の平蔵が盗賊改方に就任した当時の屋敷を、［武鑑］によって調べて見ると、むかしは江戸の郊外といってもよかった目白台になっている。これでは、江戸の特別警察ともいうべき役目をつとめる上に、小説の上で、いろいろと面倒なことが多い。盗賊改方の長官

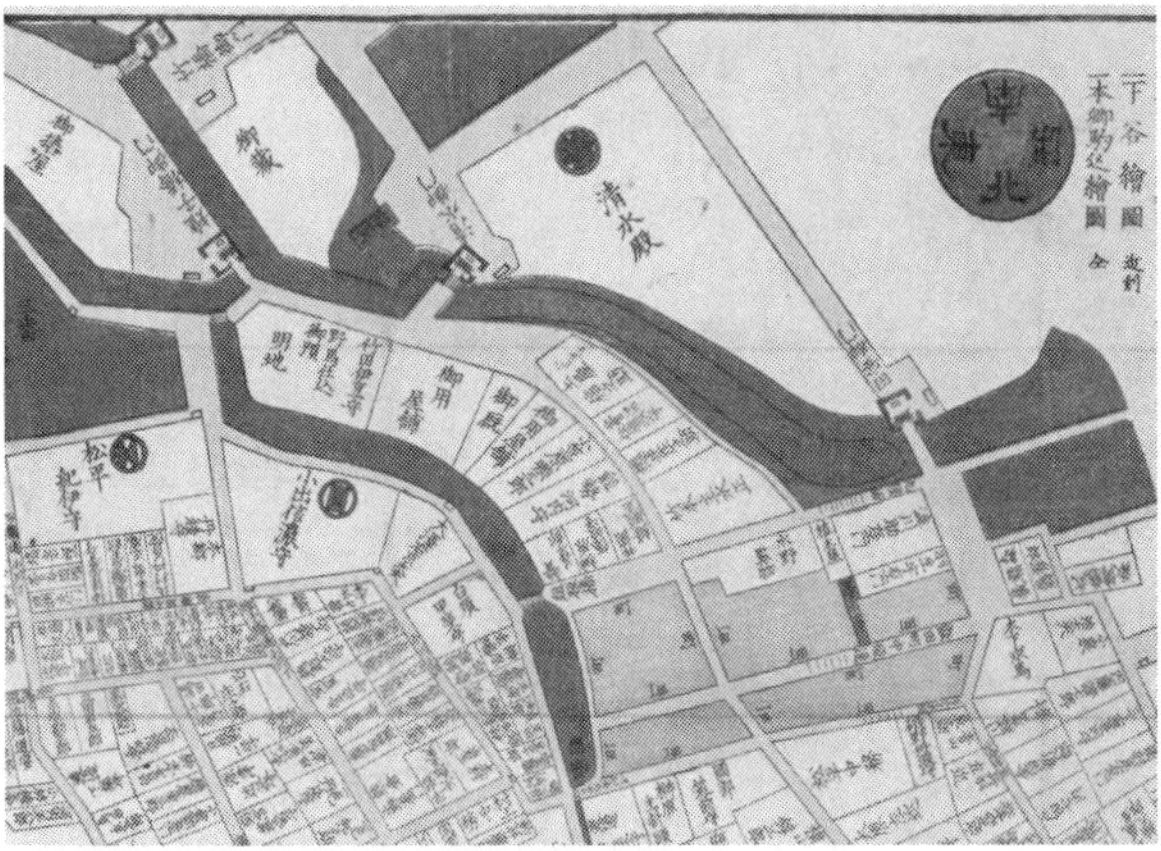

上のあたりに「清水殿」「清水御門」の表記があり、門の前には「御用屋舗」も確認できます。ここそが鬼平の役宅！
景山致恭,戸松昌訓,井山能知//編『〔江戸切絵図〕』駿河台小川町絵図,尾張屋清七,嘉永２－文久２(1849－1862)刊. 国立国会図書館デジタルコレクション https://dl.ndl.go.jp/pid/1286659 (参照 2023-01-17)

になると、私邸をそのまま［役宅］にするのが通例であったが、そうしたわけで、私は彼の役宅を清水門外に移したのである〉

この、「私邸は目白台」というのは後で詳しく述べるが、結論から先に言うとセンセの大いなる勘違い。ただまぁここでは、その話はいい。

肝心な箇所は、**〈そうしたわけで、私は彼の役宅を清水門外に移したのである〉**。つまりは実際には清水門外に役宅などなかった。あくまで小説上の設定に過ぎない、ということである。

でもまぁ、これもいいじゃぁないで

すか。実際がどうだったかに関係なく、小説上はあくまで、鬼平は清水門外の役宅で活躍していたことになってるんだから。佐嶋だって彦十だって架空の人物なんだし、そんなことにあんまりこだわってたって仕方がない。

江戸の切絵図を見てみると江戸城、清水御門（前ページの図、左上の辺り）を出たところに確かに、「御用屋舗」の表示がある。ここだここだ。ここに鬼平の役宅があったんですよ。

そうと決まったら行かない、という選択肢はあり得ない。いつもの「幡ヶ谷駅前」バス停から都バス〈渋66〉系統に乗っていざ、出発！　渋谷からは〈池86〉系統に乗り換えて、「東新宿駅前」で降りました（実はいったん「高田馬場二丁目」まで行って、ラーメン食べたんだけど、その話題はここではいいよね。ちょっとだけつけ加えとくと『蔭山《かげやま》』という店で、鶏白湯《パイタン》塩そばが殊の外、美味でした）。

ここで〈高71〉系統に乗り換え。これで、目的地まで行くことができます。

この系統、JR高田馬場駅と地下鉄九段下駅とをつないでるんだけど、なかなか面白いルートを採る。「高田馬場駅前」を出発し明治通りに出ると、右折。新宿方向に向かって、東新宿の交差点で左折します。ここのバス停で、私は乗り換えたわけですね。

その後、「抜弁天《ぬけべんてん》」前の坂を駆け上がって大久保通りの方へ向かうんだけど、合流する前に若松河田《わかまつかわだ》駅の交差点で右折。東京女子医科大学病院前を通り抜けます。外苑東通りに出ると右折。曙橋の立体交差を下りて靖国通りに合流し、後はずっとこの通り沿いに走ります。

地図を見て「え、市ケ谷のところでクランク状に曲がってるじゃん⁉」と思う人もいるかも知れないけど、靖国通りはまさにこっち、なんですね。事実その先、靖国神社の横を通り抜けるでしょ。乗客も神社最寄りの「九段上」バス停で降りる人が多かったように感じた。その後は、九段坂を駆け下りて、ゴールです（101ページ下地図参照）。

九段下駅から清水門は、もう本当に、歩いてすぐ。昭和館や九段会館の建物を右手に見るようにして、内堀通りを進む。通りの右側を歩いてると、千代田会館の大きな建物があるので見え辛《づら》いんだけど、その建物を越えたところで右手を見れば、お濠を渡った先に「清水門」があります。

清水門は江戸城北の丸の北東部に位置していて、実は2つの門から構成されている。最初に見えるのが「高麗門《こうらい》」。潜ると右手、直角方向にも門があってこちらは「櫓門《やぐら》」といいます。

こんな風に真っ直ぐ進むのではなく、来た者をグニャグニャ曲がらせる造りになっているのは敵が攻めて来た時、その勢いを殺《そ》ぐため。門には番をする者が詰めていて、怪しい奴が入って来たらこの構造で戸惑わせ、上から矢を射掛けたり石を落としたりするわけですね。お城の守りを固める策の一つで、清水門の構造は「桝形門《ますがた》」というんですって。

さて櫓門を潜ってもまだ一筋縄ではいかず、更にそこで回れ右、しなければならない。180度、振り返った方向に石段が伸びていて、これを上ると北の丸の方へ行けるわけです。とにかく人を真っ直ぐ進ませない。お城の守りは、万全ですな。

横に広い石段はところどころ草に覆われ、緩やかに上って行く。鬼平もお役目で登城の時は、この石段を上がってたんだろうなぁ、なんて想像を膨らませるのも、楽しい。……いえ、実際には清水門外に役宅はなかったので、あくまで小説上の話ですよ。

さてさて自分もせっかくなので、上がってみます。高台に出ると、お濠を見下ろせて眺めがいい。さっき、潜ったばかりの清水門も眼下に見える。

そこからお濠を渡った先、正面には今は大きなビルが立っている。千代田区役所も入る、九段第3合同庁舎です。お隣の第2庁舎には国土地理院が入ってるので、古い地図を探しに行った覚えがある。

高麗門（上）は２本の柱の上に小さな屋根を乗せた構造で城内から監視がしやすくなっています。一方、櫓門（下）は門の上の櫓から監視や攻撃ができる構造です

それにしても、ですよ。しつこいようだけど小説上の話に過ぎないけど、鬼平の役宅跡に今は千代田区役所があるなんて。何だか、暗示的だとは思いません？『江戸切絵図』にあるように幕府の御用屋敷がここにあったことは確かなんだから、何かと行政に縁の深い土地柄であることは間違いない。

千代田区役所と言えばかつて

「都議会のドン」と呼ばれた男が暗躍したり、前の区長が超高級マンションを不正入手した疑惑が囁《ささや》かれたり、とキナ臭い話がまとわりついてたのを思い出す。

あのねぇ、あんたら。ここは鬼平ファンにとって神聖なる場所なんですよ。繰り返すが佐嶋与力や相模の彦十が出入りしていたことになってるんですよ。是非、肝に銘じて善政に努めてもらいたいと切に願います。

悪どいことなんかやってたらそれこそ、鬼平の霊に成敗されますぞよ⁉

現地に立って様々な思いに囚われたところで、次へ移動しましょう。私邸があったことになっている、目白台を目指します。

目白台〜大作家のカン違いから生まれた名シーン

清水門を出て、「九段下」のバス停に戻る。

ただし、降りた場所とはちょっと違う。来た時、使ったのは〈高71〉系統だったけど今度、乗るのは〈飯64〉系統だからだ。

この両系統、九段下と高田馬場という同じ地点をつないでいるんだけど〈飯64〉の方は始点が高田馬場ではなく「小滝橋車庫前」）、途中のルートは大きく異なる。

「九段下」のバス停を発車するとまず、ホテルグランドパレスの前を抜ける。このホテル、韓国の元大統領、故・金大中《キムデジュン》がまだ大統領になるずっと前、拉致《らち》された現場としても有名ですね。私も「グリコ・森永事件」の取材をした時、当時に詳しいジャーナリストとここで待ち合わせた。何かとキナ臭い思い出ばかりのホテルだけど最近、閉館したようですね。

さてそのままJR飯田橋駅のガードを潜ると、飯田橋交差点で外堀通りを渡り、基本的に目白通り沿いに走る。江戸川橋で新目白通りに入り、早稲田の先で坂を上がって早稲田通りに合流。以降、この通り沿いにゴールを目指すが、今回はそんなには乗らない。「江戸川橋」のバス停で、下車。

北の丸からの景色は見る価値あり

目的の目白台はそのまま目白通りに従って神田川を渡り、坂を上がった先で、歩いて歩けない距離ではない。でもまぁ同じ停留所名ながら、場所の違う「江戸川橋」バス停へ移って〈白61〉系統に乗り換えた。ここまでにも結構、ウロウロしてますからね。この上、坂を上るのはちょっとキツい。暑い日でしたし、ね（笑）。

　この〈白61〉、永井荷風の『日和下駄』の記述を訪ね、「根来橋」を探した時にも乗った。新宿と「練馬駅」とをつなぐ非常に面白いルートを辿る路線だ。車窓の変化も多く乗っていて飽きない。

　ただし以前と同様、今回も全ルートは走破しない。それどころか今日は、乗るのはたったの2区間だ。「ホテル椿山荘東京前」だけ通り過ぎ、「目白台三丁目」で下車（102ページ上地図参照）。鬼平の私邸は小説上、この辺りに設定されていた。

　前に参考資料として掲げた『江戸古地図散歩』で、池波センセはこう書かれていた。

〈鬼の平蔵が盗賊改方に就任した当時の屋敷を、［武鑑］によって調べて見ると、むかしは江戸の郊外といってもよかった目白台になっている〉

　大の鬼平ファンとしても有名だったコピーライター、故・西尾《にしお》忠久《ただひさ》氏は小説と史実との対比について様々な論考を残しているが、この『武鑑』についての研究もある。

『武鑑』というのは江戸時代に編まれた、武家の「紳士録」のようなものだったらしい。昭和になって作られたそのアンソロジー『大武鑑』を見てみると、「長谷川平蔵宣以　天六七　与十同三十△目白だい」の記述が見受けられる。

これを見た池波センセ、京都から戻って来た長谷川平蔵は与力10人、同心30人を配下に与えられ（「与十同三十」の記述）目白台に屋敷を拝領した、と思い込んだ。

東京に戻った鬼平が御弓頭《おゆみがしら》を拝命したのは天明6（1786）年7月（「天六七」の記述）だから、ここまでは正しい。ただし実際には、京都に移る前に住んでいた本所の私邸はそのまま残してあり、鬼平はその家に戻っただけだったらしい。目白台の家は配下の与力や同心だけが住む組屋敷だったのだ。

だから本当は清水門前の役宅と同様、ここには鬼平の屋敷はなかった。

でもまぁいいじゃないですか、これまた清水門前の役宅と同様に。小説上はここにあったことになってるんだから。実際に足を運んでみる価値は、十二分にある。

ただ、一言「目白台」と言っても、広い。ここのいったいどこに、鬼平の私邸があったことになっているのか？

『江戸切絵図』を見てみると、この辺りには侍の家が立ち並んでいたことが分かる。鬼平配下の与力や同心も、この中にきっといることでしょう。

ネットでは小説における私邸は、現在の文京区立目白台図書館の辺りにあった、としているサイトもあった。確かに図書館の前の道は「鉄砲坂」（切絵図にも書いてありますね）につながっていて、これは下級武士が鉄砲の練習をしていたことに由来する名だから、「この辺り」としたい気持ちはよく分かる。

実は目白台、講談社の裏手に当たって、私が雑誌記者をしていた頃、師匠の事務所のある西新宿から〈白61〉系統に乗ってよく通っていたんですよ。降りるバス停はまさに「目白台三丁目」だった。だからこの辺には土地勘もある。目白台図書館前、としたいのは私だって同様だ。

ただし前掲の『江戸古地図散歩』には、文中に取り上げられた地点を現代に照らし合わせている地図もあり、それによると鬼平の私邸はもうちょっと西寄りだったように記されているんですよ。著者は池波センセ自身だから、地図の印もその意向を無視したものであったとは思えない。ならばセンセの頭の中では、私邸があったのはこっち、だったことに

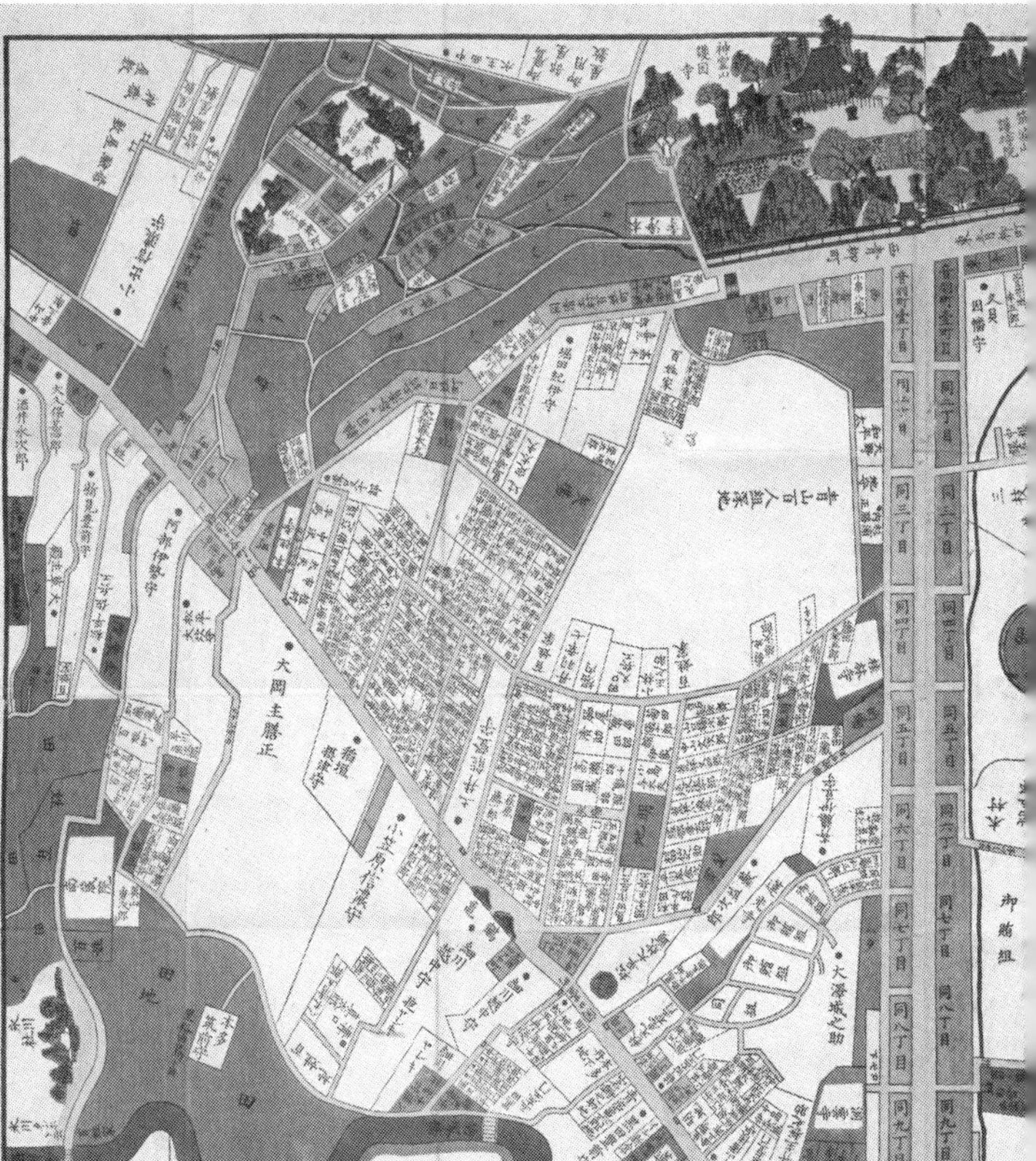

右上に森のようになっていてひときわ目立つように描かれているのが護国寺。つまりそこに向かって縦に通っている太い道が現在の音羽通りになります。その五丁目あたりから斜め下に出ているのが小さくて見にくいですが「鉄砲サカ」です。護国寺の左側の畑に囲まれた場所には「鬼子母神」の文字も確認できますね。左下にある「大岡主膳正」は武蔵岩槻藩藩主の大名屋敷です

景山致恭,戸松昌訓,井山能知//編『〔江戸切絵図〕』音羽絵図,尾張屋清七,嘉永２－文久２(1849－1862)刊. 国立国会図書館デジタルコレクション https://dl.ndl.go.jp/pid/1286673 (参照 2023-01-17)

なる。

なんで、地図に忠実にその場所を訪ねてみました。行ってみると、日本女子大キャンパスの裏手に当たる。こっちの方はさすがに来たことはなかったなぁ。まぁ目白台図書館から連なる一画ですから、同じような高級住宅街でしたけど。

ただ、一般人の家が立ち並ぶばかりなので、写真が撮れない。何かいいものはないかと歩き回ってみたら、「目白台総合センター」という文京区立の施設があった。あぁこれこれ、ということで写真に収めました。なのであくまで私のリサーチでは、小説上の鬼平の私邸はここにあった、ということで決まり！

さぁせっかくここまで来たんだから、と雑司が谷の鬼子母神《きしもじん》まで足を延ばしてみることにした。小説では鬼平は、たびたびここを訪れているからだ。切絵図の中にも描かれてますね。

鬼平は清水門の役宅に詰めるばかりだから、目白台の私邸では息子の辰蔵《たつぞう》がお留守番。ところが辰蔵、剣の稽古をサボって音羽の岡場所（遊廓）に通ったりする放蕩《ほうとう》息子（実際には父親に勝る賢人だったらしいけど）。たまに帰って来ると鬼平は辰蔵に厳しく剣を教

「目白台総合センター」ここに鬼平の私邸があった……ことにしましょう

え、一緒に鬼子母神に参詣したりする。親子の微笑ましいシーンである。

鬼子母神はインドの夜叉神の娘で、人の子供を食らうなど性格は凶暴そのものだったがお釈迦様に説得され、安産や子育ての守り神となった。だから本当は、「鬼」の字の頭に点はつけない。角がなくなった、という意味なんだそうです。

都電荒川線の鬼子母神前駅からは参道のケヤキ並木が伸びていて、歩いていると独特の雰囲気。すぐ近くには大繁華街、池袋があるなんて信じられない思いに包まれる。

参道は途中、T字路になっていてみんな左手の鬼子母神堂の方に行くんだけど、本当はここは法明《ほうみょう》寺《じ》というお寺の一部で、本堂は右手の方。行ってみたら勇壮な鬼子母神堂に比べて、ひっそり落ち着いた佇《たたず》まいでした。

鬼子母神堂に来たら欠かせないのが境内にある上川口屋。創業、何と天明元（1781）年、「日本最古の駄菓子屋」と呼ばれるお店なのだ。関東大震災や東京大空襲など、数々の災厄にも負けることなくここで店を続けて来た。

さっきも言ったように鬼平が京都から帰って来たのが天明6年だから、その頃にはもうお店はやっていたことになる。

実際には目白台に私邸はなかったにしても、部下達が住んでいたことは間違いない。鬼平が彼らと一緒に参詣に来て、このお店でお菓子か何かを買っていたとしてもおかしくはないわけだ。

鬼平も愛用した店で現代の我々が、ラムネを買っている。考えてみると不思議な気もしますよねぇ。

いやぁホント、スゴい店だ！

雑司が谷の鬼子母神堂に祀《まつ》られている木像は室町時代に作られたといわれており、永禄4（1561）年に掘り出されたそうです

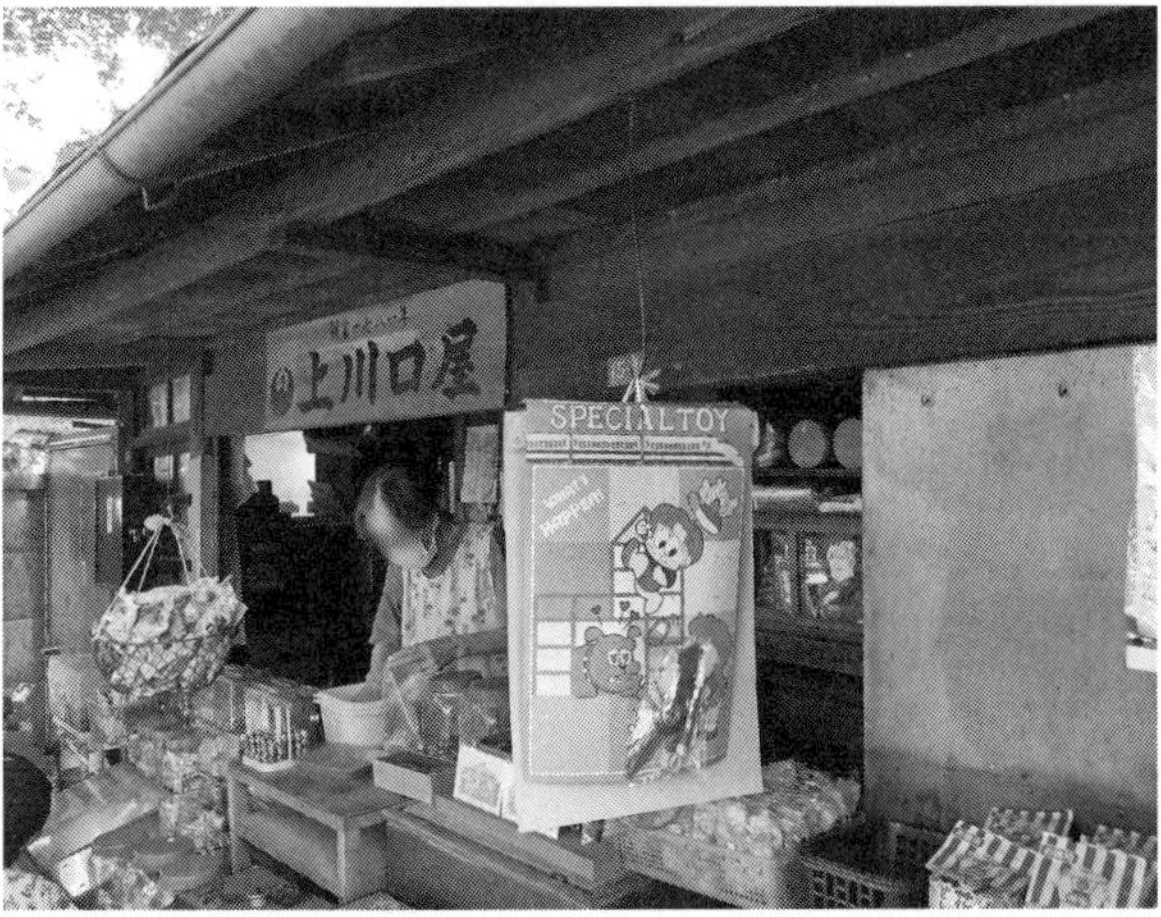

創業天明元（1781）年という鬼子母神境内にある上川口屋。駄菓子屋としては都内最古といわれており、ここの飴は江戸名物だったとのこと。浪漫を感じますね

本当の私邸があったのは、ここだ!!

ここまで清水門前の役宅、目白台の私邸、といずれも空想上の鬼平の家を訪ねて回った。では本当の私邸のあったのは、どこか？　本所《ほんじょ》なんですねぇ、それが。しかもここでも池波センセのカン違いに巡り会う。

我が家から本所へはバスではちょっと行きにくいんだけど、とにかくまずはいつもの〈渋66〉系統で、渋谷へ。渋谷からは〈都01〉、〈渋88〉など3つの系統が出てますが、どれでもいいので（それぞれのルートに味わいがあるので、過程を楽しみたい時には厳選しますが）目の前に来た奴に乗って、新橋に出ます。

新橋では〈業10〉系統に乗り換え。これで、目的地に行くことができます。

この〈業10〉系統。都バスの中でも5本の指には絶対、入れたい面白い路線。新橋を出ると外堀通りを走って数寄屋《すきや》橋交差点で晴海通りに右折。銀座のど真ん中を突っ切って築地の目の前を通り、勝鬨《かちどき》橋で隅田川を渡ります。

勝どき駅前交差点で清澄《きよすみ》通りに左折し、しばらくこの道沿いに走るのかと思いきや、何ら変哲のない小さな交差点で、右折。何と、一方通行を走り出します。個人的にはこの路線の、「白眉」と称したい箇所！　何でこんなとこ通るの〜、と頭の中に「？」マークが飛び交う内、大通りに出ると左折。

その後も、豊洲の超近代化都市を走り抜けるかと思ったら枝川《えだがわ》の庶民的な町並みを通ったり、とにかく窓外の風景が次々に移り変わる。路線バスの旅はこうでなくっちゃ。

後半は三ツ目通り沿いにひたすら北上し、地下鉄本所吾妻橋駅の上で右折、すぐにまた左折して「とうきょうスカイツリー駅前」でゴール、となります。

102ページの路線図に記してみたけど、少しはその醍醐味が伝わってくれますか、ね。

ちなみに系統名〈業10〉の「業」の字は、東京スカイツリーが出来る前はこの駅は「業《なり》平《ひら》橋」駅だったから。歌人、在原《ありわらの》業平にちなんだ「業平橋」が近くにあることに由来します。スカイツリーが立って駅名は変わったけど、系統名は元のまま。何だか東京都交通局の粋《いき》を感じるようですね。〈スカ10〉なんてつけたら鼻白《はなじろ》みますよ、少なくとも私は。

閑話休題。終点のスカイツリーまで行かずに「立川《たてかわ》」停留所でバスを降りると、江戸時代に造られた運河、竪川《たてかわ》を渡り、ちょっと先の通称「馬車通り」に右折します。ここから交差点2つばかり行った先を左折したところに、最初の目的地がある。

公的機関の、粋に震える

実はここには以前にも来たことがあり、前はコンビニが入ってた建物だったのが今はテナントがいなくなってたので、ちょっと戸惑った。

ただ、標識は元の通り立っていた。「長谷川平蔵の旧邸」として、「京都へ家族で移るまで住んでいたのが、入江町の屋敷でした」と説明してある。「鬼平情景」と表題にあることからしても、「これはあくまで小説の話ですよ」と暗に示しているんでしょうなぁ。こんな立て看、公的機関である墨田区が立ててくれているなんて。粋を感じるなぁ。

「目白台」の節で述べたように、京都に行く前に住んでいた長谷川家の屋敷はそのまま残してあり、江戸に戻った鬼平はそこに住んだ。だからその私邸跡は、ここ。鬼平の家探しはめでたく終わり、となるかと思ったら、そうはならないんですね、これが。ここに旧私邸があった、という池波センセの読みがこれまた、間違いだったんですよ。

前にも触れた鬼平ファンのコピーライター、故・西尾忠久氏が突き止めている。

丁寧な説明文に頭が下がります。墨田区ありがとう！

まずは何故、池波センセがカン違いしてしまったのか？

「本所」の『江戸切絵図』（97ページ上）の、下の方を見てみて下さい。2つの川が交わってますね。横に流れてるのがさっき渡った、竪川。縦のが『日和下駄』の「扇橋」の節でも出て来た、大横川です。何で向きと名前が真逆なの？と思うかも知れないけどこれも先述の通り、江戸城から見てどの向きに流れてるか、から付いた名なんだそうです。

さてその2つの川の交差点、付近に目を凝らしてみて下さい。「植村帯刀《うえむらたてわき》」という比較的大きな屋敷の上に「長谷川」

の表示がありません？　その右側、川沿いには（掠《かす》れててちょっと見え辛いけど）「鐘楼」の表示もある。江戸時代、町の人に時間を告げる「時の鐘」がここにあったんですね。現在、現地に行ってみると大横川の北の部分は埋め立てられ、親水公園になっている。馬車通りの橋だった箇所には、「時の鐘」があったことを示すモニュメントがあり、ここが「撞木橋《しゅもく》」と呼ばれていたことが説明されている。

切絵図を見た池波センセ、喜んだことでしょうね。「あっ、長谷川って書いてあるぅ。きっとここが平蔵達が京都に行く前、住んでいた家なのに違いない」だから小説ではかつての長谷川邸は、「横川・入江町の鐘楼前」ということになっているのだ。

ところが西尾氏の研究によるとこれは大きなカン違い。この「長谷川」さんは実は、鬼平とは関係のない別の人だったらしいのだ。センセ、残念！

では本当の長谷川邸はどこにあったのか。今度は「深川」の切絵図の方を見てみて下さい。真ん中上の辺り「林播磨守《はやしはりまのかみ》」の大きな屋敷の左側に「遠山《とおやま》左《さ》エ《え》門尉《もんのじょう》」の表示があるでしょう。「それって遠山の金さんじゃないの？」って思ったあなた、大正解。ここには「金さん」こと「遠山金四郎」の屋敷があったんです。

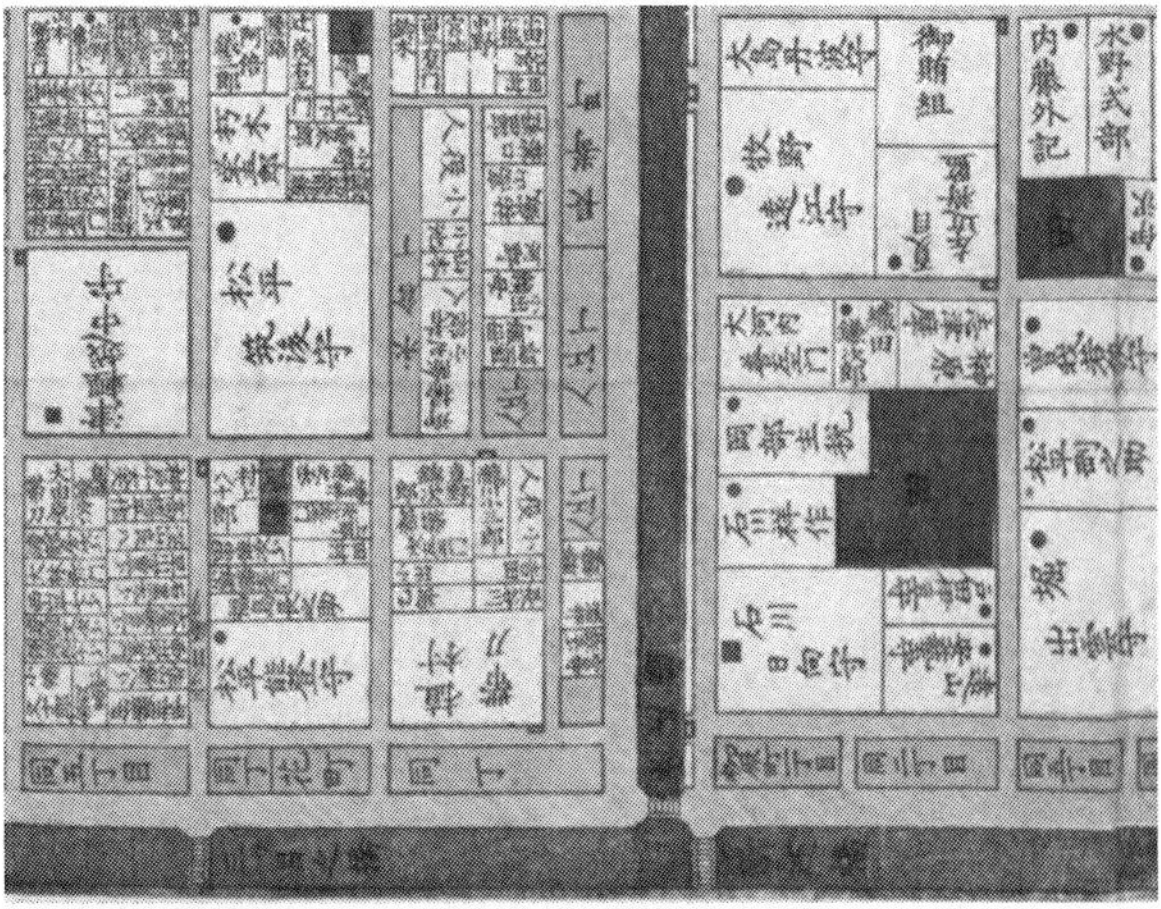

下の川が交わる左上を注意深く見てください。「植村帯刀」という表記がありますね。その右上、小さいけど確かに「長谷川」の文字が！

景山致恭,戸松昌訓,井山能知//編『〔江戸切絵図〕』本所絵図,尾張屋清七,嘉永２－文久２(1849－1862)刊. 国立国会図書館デジタルコレクション https://dl.ndl.go.jp/pid/1286679 (参照 2023-01-18)

中央左上に「林播磨守」いう表記のひときわ大きな屋敷があります。その左側一角の一番下、通り沿いの屋敷に注目。「遠山左エ門尉」とあります

景山致恭,戸松昌訓,井山能知//編『〔江戸切絵図〕』深川絵図,尾張屋清七,嘉永２－文久２(1849－1862)刊. 国立国会図書館デジタルコレクション https://dl.ndl.go.jp/pid/1286680 (参照 2023-01-17)

西尾氏の研究によると鬼平、懐からの持ち出しも多い火付盗賊改方を8年も務めたモンだから、長谷川家の家計は火の車だった。結局、孫に当たる宣昭が屋敷を売りに出し、それを買ったのが「遠山の金さん」だったというのである。切絵図が作られたのは金さんが屋敷を購入した後だから、「長谷川」の表示があるわけはない。センセがカン違いした背景には、そういう事情があったわけですな。

ではいよいよ、本当の長谷川邸＝遠山邸跡に行ってみましょう。さっきの場所から歩いて、本当にすぐ。都営地下鉄新宿線、菊川駅の上がその箇所に当たります。

菊川駅A3出口の前には墨田区教育委員会による、「長谷川平蔵・遠山金四郎住居跡」

屋敷跡の北西端にあたる菊川駅出口前には史跡説明板が、東端にあたる歯科医院の前にはこの超かっこいいモニュメントがあります。粋な町は住民も粋なんですね

の説明板が立っている。「ここは屋敷地の北西端に当たります」と解説している。先の、小説上の旧邸跡にも墨田区が標識を立ててましたよね。あっちは小説上の、こっちは本当の、とちゃぁんと区別して解説してある。本当に粋な区だなぁ、としみじみ感じます。

都バスの東京都交通局と言い、墨田区教委と言い、今回は公的機関による粋を漂わすエピソード満載ですね。鬼平の足跡を辿ってたら自然、そうなってしまうんでしょうか。

さてさて菊川駅上から新大橋通りを東にちょっと行くと、こっちにもモニュメントが立てられてた。墨田区教委と共に、敷地を有すると思われる歯医者さんの名前も載ってますね。

江戸を代表する火盗改の長官と、町奉行とが住んだ家。物凄く由緒正しい屋敷跡に今、自分はいるっていう誇らしさが、こんなところから伝わって来るようです。いやぁ羨ましい！　確かにこんなとこで、悪事に手を染めるようなバカはいないでしょうね。そんなヤツ絶対、天から厳罰が下りますよ。

江戸から東京に引き続く、治安に思いを馳せながらボチボチ現地を後にしました。

「鬼平」の墓と家を巡る旅は、これにて終了。

「鬼平」の墓と家探しの旅バスルート

①幡ヶ谷駅前➡堀ノ内

例によって私のバス旅の始まりは都バス〈渋66〉系統。ただし今回はいつもとは逆、阿佐ケ谷方向に乗ります。環七に右折すると神田川に向かって下り、方南町の坂をいったん上ると、また善福寺川へと下る。２つの川が削った地形を味わうことができる。川好きにとっては堪らない路線でもあるのです

②セシオン杉並前➡新宿駅西口

〈宿91〉系統は高円寺陸橋の交差点で青梅街道に右折すると、後は延々この道沿いに新宿を目指します。これを逆方向に乗れば環七を延々、南に走って新代田駅前でゴール。実はこの最後の２区間ちょっとが、世田谷区内を走る唯一の都バス路線。ちなみに23区で都バスが走っていないのは、目黒区だけです

③新宿駅西口➡左門町

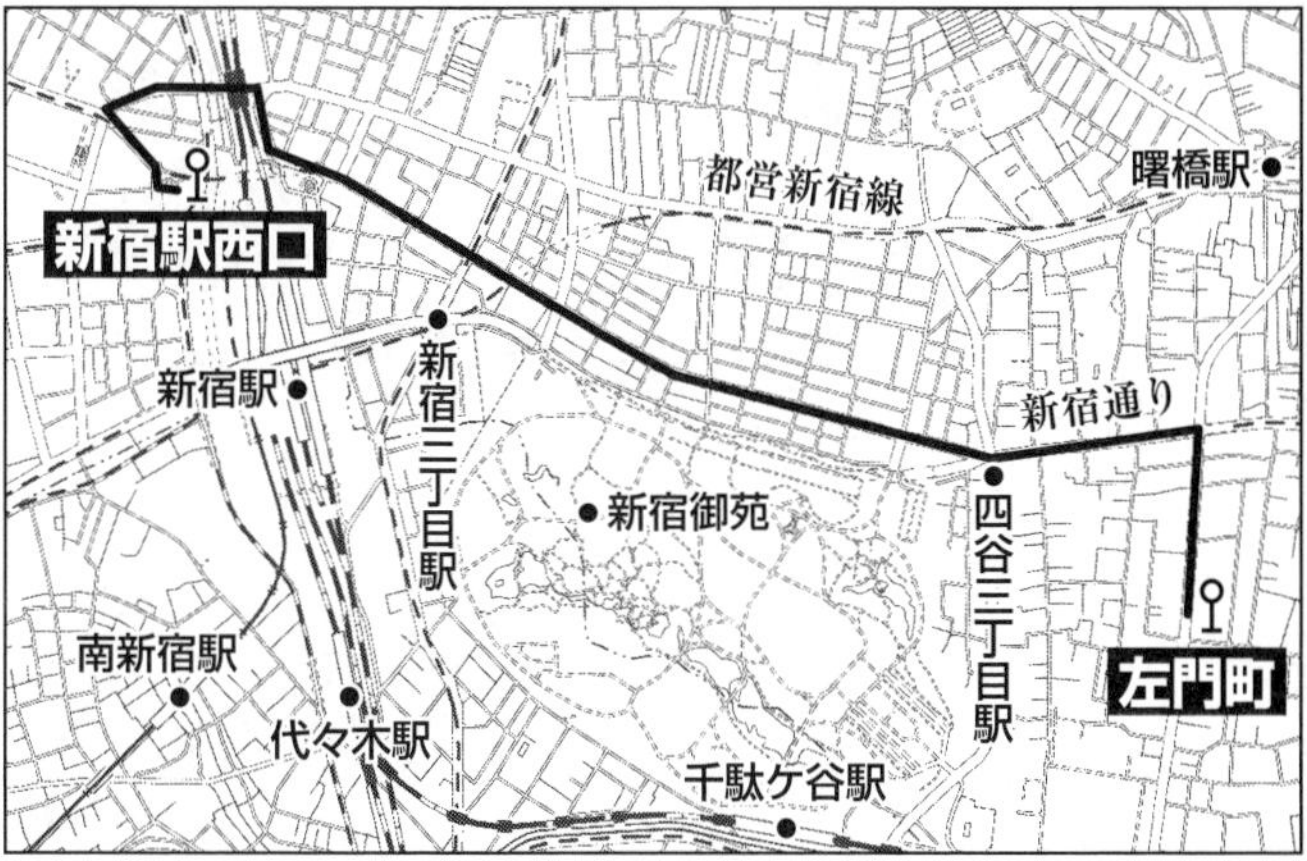

新宿で〈品97〉系統へと乗り換え。これ、新宿と品川とを結ぶ路線でかなりの長距離を走る。青山墓地の横を通ったり、魚藍坂から高台に上がりグランドプリンスホテル新高輪の後ろを回り込むようにして品川駅前へ出たり、と乗っていてワクワクさせてくれる。でも今回は、ちょっと乗っただけで、下車

④東新宿駅前➡九段下

鬼平の役宅へ行くべく東新宿から〈高71〉系統へ。曙橋から靖国通りに下りたら、後はずっとこの道沿いに九段下を目指します。好きなのは市ヶ谷橋でお濠を渡るところ。ここを通らなけりゃ靖国神社の横は走れない。九段坂は昔は本当に急坂で、九つ段がつけられていたことからこの名になったそうです

⑤九段下➡江戸川橋➡目白台三丁目

〈飯64〉系統、〈白61〉系統と乗り継いで、九段下から目白台へ。〈白61〉には雑誌記者をやっていた頃、本当によく乗ったなぁ。師匠の事務所が西新宿にあったから、講談社と往復するには便利だったのだ。目白台図書館にもよく行った。調べ物より、サボるため。だからこの一帯、ホントに土地勘はある

⑥新橋➡立川

新橋から〈業10〉系統で鬼平の本当の家を探しに行く。この路線、乗っていて実に楽しいんですよ。元々の終点が東武の業平橋駅だったからこの系統名なんだけど、東京スカイツリーが立って駅名は変わっても「業」の字はこのまんま。ここに私は、東京都交通局の粋を感じずにはおれないのです

第3章

『四谷怪談』のお岩さんは実在した！

早速、祟《たた》りですか⁉

お岩さん。日本の妖怪の中でも恐らく、最も有名な幽霊でしょう。彼女の出て来る『東海道四谷怪談』も我が国を代表する怪談、と称して過言ではない。

元浪人、田宮伊右衛門《たみやいえもん》には妻、岩がいたが上司である伊藤喜兵衛《いとうきへえ》の孫、梅《うめ》の熱愛を受け伊藤にそそのかされる。難癖《なんくせ》をつけて岩を家から追い出し、梅と所帯を持てば出世させてやる、というのだ。産後の妙薬と騙されて毒薬を飲んだ岩は顔が崩れ、夫の陰謀を知って呪いながら自害する。伊右衛門は岩の死骸を川に流すが以降、関係者を次々と祟りが襲い田宮家は滅亡する……

時代や、演じられる場によって様々なヴァリエーションがあるが、基本的にはこんな話でしょう。原作は江戸時代の著名な劇作家、鶴屋南北《つるやなんぼく》。歌舞伎の初演は文政8（1825）年で、物語は暦応元（1338）年の出来事、と設定されていた。

実はこの田宮伊右衛門も、お岩さんも実在した人物だった。だからさすがに差し障りがあると思ったのか、舞台は現在の文京区目白台と豊島区雑司が谷の境にあった「四家町

（よつや、で読みは同じなわけですね）」、田宮家も「民谷」だとか「間宮《まみや》」だとかに置き換えられている。

お岩さんが死骸で流されたのは神田川とされていて、四谷から神田川だと遠いだろうと思っていたが、目白台という設定だったら納得、ですね。坂を下りたらすぐですからね。しかし「鬼平」で訪れた目白台が、こんなところでもカブるとは……

さて、実際に事件が起こったとされる四谷には現在、お岩さんを祀《まつ》る稲荷神社がある。それも、2つも。以前、鬼平の菩提寺を訪ねた時にも近くを通りましたよね。今回は実際に行ってみます。

しかし考えてみると「鬼平」と「お岩さん」、あちこちでカブるなぁ。実はどこかで因縁でもあるのでしょうか？

まずはいつものように〈渋66〉系統で、渋谷へ。ところが初《しょ》っ端《ぱな》からトラブル発生。いつものようにバスに乗る時、交通系ＩＣカードを運転手さんに示して「これを一日乗車券に」と頼むんだけど、機械が受け付けてくれない。ピーッと警告音が鳴るんです。

先日、帰郷した時にカードを西鉄発行の「ｎｉｍｏｃａ」に替えたんだけど、それがいけなかったのかしらん？　運転手さんは「いや、これでもできる筈なんですけどねぇ？」と不思議そう。

おぃおぃ早速、祟りかよ⁉　お前は来るな、ってお岩さんが言ってるわけ？

イヤな予感がしたけど、仕方ないですね。いったん幡ヶ谷駅に戻って新たにＰＡＳＭＯを購入して来た。もしこれでもダメだったら諦めて帰るつもりだったけど、今度は無事「一日乗車券」になりました。ホッ……（後で聞いたらやっぱり、ｎｉｍｏｃａは、こっちでも普通に乗る分にはいいけど、こういう特殊な用途には使えないらしい。運転手さんの勘違いでした）。

渋谷に出ると〈池86〉系統に乗り換えて、「新宿伊勢丹前」で降ります。そこから伊勢丹の建物の角を回り込むようにして、「新宿追分」バス停へ。ここから〈品97〉系統に乗れば、目的地へ行けます。我が家から直接、新宿へ行く都バス路線はないのでこんな大回りをしなきゃならないんですよ。

この〈品97〉系統も、鬼平の菩提寺を訪ねた時に乗りました。それどころか、降りるバス停まで同じなんですね。新宿通りから四谷三丁目の交差点を外苑東通りに右折して、

「左門町」で下車。大通りを背にしてお寺の集中する一画に足を踏み入れ、そのまま真っ直ぐ行ったら鬼平の菩提寺でした。

2つの稲荷を探訪、比較してみる

今回は最初の路地を左折します。するともうそこが、最初の目的地。2つの「於岩稲荷」が細い路地を挟んで、斜《はす》向《む》かいにあります。

〈品97〉系統は前章でも乗りました

　まずは左手の「田宮稲荷神社」に行ってみましょう。入り口の鳥居の横には、「通称お岩さま」の表示。何だか生々しいですねぇ。

　鳥居の左手には、東京都教育委員会が立てた説明板があります。ちょっと長いけど重要なので全文、引用してみましょう。
〈田宮稲荷神社は、於岩稲荷と呼ばれ四谷左門町の御先手組同心田宮家の邸内にあった社です。初代田宮又左衛門の娘お岩（寛永一三年没）が信仰し、養子伊右衛門とともに家勢を再興したことから「お岩さんの稲荷」として次第に人々の信仰を集めたようです。鶴屋南北の戯曲「東海道四谷怪談」が文政八年（一八二五）に初演されると更に多くの信仰を集めるようになります。戯曲は実在の人物から二百年後の作品で、お岩夫婦も怪談話とは大きく異なり円満でした。稲荷社は明治一二年（一八七九）に火事で消失し、その際初代市川《いちかわ》左《さ》団次《だんじ》の勧めで中央区新川《しんかわ》に移転しました。しかし、その後も田宮家の住居として管理されており、昭和六年（一九三一）に指定されました。戦後、昭和二七年（一九五二）に四谷の旧地にも神社を再建し現在に至っています〉

　これを読む限り極めて真っ当な、由緒あるお宮と見えます。都の教育委員会なんだから、いい加減なものは立てないでしょうし、ね。

　実は私、神社マニアで、参詣したら必ずその写真を撮って来るんですよ。入り口の鳥居のみならず両方の狛犬（稲荷社であればおキツネ様）や、拝殿に本殿も。

田宮稲荷神社の鳥居横にある「通称　お岩さま」看板、なんだか井戸から顔を出すお岩さんを連想しませんか？　私だけ？

だからこの時も写真を撮ろうとしたんだけど、先客がいた。中年の男女2人連れで、境内に何だかずっと佇んでる。

行ってみたら分かるけど境内はとにかく、狭いんですよ。先客を押し退《の》けてお参りする気にはとてもなれない。それに写真を撮ろうとしたらどうしても、その姿が写り込んでしまう。

それで諦めて、もう一つの於岩稲荷に先に行ってみることにしました。

こちらの入り口はさっきとは打って変わって、華やかな雰囲気。おまけにこれ、鳥居じゃなくて山門じゃないですか。よく見ると「陽運寺」って書いてあるし。おぃおぃ「お稲荷さん」とか言いながらここ、寺じゃんかよ!?

まぁまぁ我が国も江戸時代までは神仏習合。神社もお寺も一緒でした。だからまぁ、その名残で区別が曖昧な寺社も確かにあります。ここもそうなんだろう、と納得して、中へ。境内もさっきに比べるとずいぶんと華やかで、キツネと共に狛犬までいて、本殿も派手めでした。おまけに何と、お寺カフェ「うくらいま食堂」なんてものまであって、数量限定のお弁当やスイーツが楽しめるって……いやいやちょっと待って。いくら何でもお岩さんのイメージからは、あまりに掛け離れてるんじゃないんですか（笑）。

帰って来て当寺のホームページを見てみると、ここは茨城県水戸市のお寺の貫首が昭和の初めごろ建立したもので、この地にあったお岩様の霊堂が戦災に遭ったため、栃木県沼和田から薬師堂を移築、再建されたものだとか。何だかあちこちから色んな要素が集まって来ててよく分からないんですが、境内には「お岩様ゆかりの井戸」もある、と。

まぁ田宮家の屋敷が目の前にあったのは確かだし、こっちまでお岩さんが井戸を使いに来ていた、としてもまぁ不思議はないですわなぁ。

ただ笑うのが、「悪縁を除き良縁を招く縁結びには多大なご利益があ」るとされていること。おぃおぃ、毒を飲まされて死んだ奥さんが幽霊に化け、裏切り者の旦那を呪う、っ

「於岩稲荷」こと陽運寺は、お祭りでも始まるのかというくらい色々と賑やかで楽しい所でした

て話だぞ!?「悪縁を除く」まではギリギリ認めるとしても、「良縁を招く」って何だよ。関連した者は次々と祟りに遭う、って怪談じゃなかったんですかっ？

ただ、なんですよねぇ。

さっきの田宮稲荷の説明板、前半を思い出してみて下さい。**〈お岩が信仰し、養子伊右衛門とともに家勢を再興した〉**

また、こうもあります。**〈戯曲は実在の人物から二百年後の作品で、お岩夫婦も怪談話とは大きく異なり円満でした〉**

旦那に騙され、幽鬼となって甦《よみがえ》った妻どころか、力を合わせてお家を再興させた仲睦まじい夫婦じゃぁないですか。それが何で、あんなおどろおどろしい物語の元になるわけ。いくらお話だから、って、ここまで立派な夫婦を何もわざわざ、あんな怪談に仕立て上げなくてもいいじゃないですか⁉

その謎はこれから追々、解いて行くことにします。

ちなみに陽運寺から先の田宮稲荷に戻ってみたら、あの中年男女、まだいました。こんなところでいつまでもずっと、何やってるんだろう⁉ しょうがないので彼らの姿が入るのも覚悟で、本殿を写真に収めるしかありませんでしたよ。

え、もしかしたら2人は伊右衛門お岩の霊魂で、いつまでもその地から離れられずにいるんじゃないの、って？ えぇ、撮った写真にもし、姿が写ってなかったら私もそう思って震え上がったかも知れませんけど、ねぇ。

大丈夫、ちゃんと写ってましたよ。逆にお陰でお宮の写真としては、興醒めな仕上がりになっちゃったんですけど（苦笑）。

さて次は、中央区新川にあるもう一つの於岩稲荷へ行ってみましょう。

3つ目の「於岩稲荷」へ

「於岩稲荷」が四谷に2つある、ってことは、以前から知っていた。ただ、中央区新川にも実はもう一つある、なんてことは最近まで知らなかった。3つだって！ スゴいね。あるのなら、行ってみなければならない。それでこそ「お岩さん所縁の地めぐり」だ。ただ、四谷からあっちの方、ってバスでは行きづらいんですよ。鉄路ならJR中央線に乗れば、簡単なんですけどね。

なのでここだけは事前に、綿密に調べておきました。結論、やはり一駅分、四谷駅まで歩いて（こちらの「於岩稲荷」の最寄りは1つ隣の地下鉄丸ノ内線「四谷三丁目」駅）、都バス〈都03〉系統に乗るのが一番いい、多分。

途中、ちょうどいい時間になっていたので地元の老舗《しにせ》ラーメンで腹ごしらえしました。新宿通りからちょっと北へ、路地に入ってすぐのところにある『まるいち』。L字形カウンターだけ、10人も入れない狭い店内で、年配夫婦2人で切り盛りしてる名店だ。久しぶりに食べたけど、まさに「中華そば」というあっさり醤油ラーメンで、まぁほんわか温かい味。「祟り」だ「呪い」だと言われてる場所を回ってるんだもの。せめて食事くらい、ほっこり癒されたいですよねぇ。我ながらベストな選択でしたっ！

大満足して店を後にし、ぶらぶら歩いて四谷駅へ。着いてみて初めて、時刻表を見る。むーん、と思わず唸ってしまった。次の発車まで、30分も空いている。

まぁ、仕方がないですね。この路線、昼間は1時間に1本しかない時間帯もあるんですから。これは祟りではないでしょう、多分。

せっかく間が空いたのでちょっと考察を進めときましょうか。田宮稲荷前にあった東京都教育委員会の説明板によれば、貞女だったらしいお岩さん。仲睦まじかった筈の伊右衛門との夫婦が怪談のモデルなんかにされてしまったのは、何故か？

今回、主な参考文献にした『四谷怪談　祟りの正体』（小池壮彦／学研プラス）によると、「お岩の呪い」話が最初にこの世に出るのは、享保12（1727）年の『四ッ谷雑談《ぞうだん》集』という本らしい。田宮家の娘、岩は婿の伊右衛門に浮気され、裏切られたことを知って憤怒のあまり四谷の町を走り去り、行方知れずになった。その後、伊右衛門の関係者など18人が変死し、田宮家は断絶した、という内容だという。

夫の裏切り、その後の祟りという部分は同じものの、お岩さんは毒を飲まされてもいないし、死んだかどうかすら分からず幽霊になってもいない。ただ、何人もの変死という奇妙な現象が続いた、というだけである。

ここで大切なのは年代。説明板にあったお岩さんの死は寛永13（1636）年でしたよね。ここのところをよーく、覚えておいてください。

そうこうする内にようやく出発時刻になりました。

バスは跨線橋《こせんきょう》を離れるとすぐ、左折。更にすぐまた左折して、甲州街道を皇居方面に向かいます。半蔵門のT字路で、右折。皇居のお濠を見下ろすようにして走ります。これは、眺めがいい！

この路線、以前は新宿と晴海埠頭《ふとう》とを結んでました。その頃には、乗ったことがあった。ただ現在では、新宿と四谷との間が切られ、短縮してしまったような形。私からすると不便になったので、ずっと乗ってなかった。いやぁこんな気持ちのいい車窓だったんですね。すっかり忘れてた。

その後、日比谷から有楽町のガード下を潜って銀座のど真ん中を走り抜け、築地の前を通ると勝鬨橋で隅田川を渡る。渡り終わったすぐ先、「勝どき橋南詰《みなみづめ》」バス停で途中下車します（133ページ下地図参照）。通りを渡って反対側、同じバス停から都心部方面に戻る便を待つ。次に乗るのは、〈東15〉系統。

時刻表を見ると、たった10分で来るらしい。ほぅらやっぱり、祟りじゃない。ところが停留所に滑り込むバスを撮ろうと位置を定めて待つんだけど、来るバス来るバス、違う便。いやそりゃ、ここのバス停を通る路線が多いのは確かですよ。でもねぇ。同じ系統が2回、来たりもしてるのにお目当ての〈東15〉は来ない。カメラを構えちゃ、やっぱまた違う、と肩を落とすのが続きました。

結局、10分遅れでやって来た。それまで何本、違う便をやり過ごしたことか——〈東15〉は勝鬨橋を逆戻りするように渡り、渡り終わったかと思ったとたん右折する。片側1車線の細い車道を走ります。聖路加国際病院の前などを通り、「南高橋」を渡ったところで左折。「新川二丁目」バス停で、下車（134ページ上地図参照）。

またも祟り？　なかなか行き着けない

ここで初めて地図を見る。目的地に近づいたところで見た方が分かりやすいからだ。

あぁあの交差点の、先だな。一つ向こうの路地を入ればいいらしい。見当をつけて、歩き出した。

ところがあれだと思った路地を覗いてみたけれど、違う。お宮らしい茂みがない。とたんに訳が分からなくなった。方向感覚にはこれで、自信があるのに。地図を見れば即、どう行けばいいか分かってたのに。

結局、バスで通ったルートで、「南高橋」を渡ってすぐ左折してたのをすっかり忘れてました。方向感覚が90度ズレてたわけですね。これじゃ辿り着けるわけがない。

元の交差点に戻って90度、曲がりました。そして1つ目の路地……あぁ、あったあった。家並みの向こうにそれらしい茂みが見えた。

ところが、今度は入り口が分からない。神社の入り口って普通、通りに面して鳥居がどんと立ってますよね。なのに、見当たらない。

あれ、入り口はあっち側かしらん？　1つ向こうの路地に移ってみたりもしました。でもやっぱり、鳥居はない。

元の路地に戻ってみると、あったあった。何ともまぁ、本当に目立たない入り口。ギリギリまで近づいてみないと、なかなかそれと分からない。

敷地に入った奥に、鳥居が立ってました。何でこんなに目立たなくしてるの⁉ と不思議に思うくらい。まるであまり、参拝者に来て欲しくないみたいじゃない。

「於岩稲荷」が現場の四谷だけでなく、こんなところにもあるのは、何故か。お芝居で『四谷怪談』を掛ける時、祟りがないように関係者は、「於岩稲荷」に参詣に行くのが常だった。ところが田宮稲荷の説明板にもあった通り、四谷の方は火事で焼けちゃったんですね。それで初代市川左團次の勧めで、こっちに勧請《かんじょう》したんです。こちらには当時、芝居小屋が多く参詣にも便利だったから。

一説にはここは、左團次の所有地だったとか。よく見るとお賽銭《さいせん》箱にも「明治座」と書かれてますね。屋敷の敷地内に神社を建てたから、鳥居が通りに面してなかったのかな？ だからこんだけ入り口が分かりにくかったのか、と思えば確かに納得、です。

さぁ何かと苦労もあったけど、「於岩稲荷」を全部回ることが叶った。最後は、「お岩さんのお墓」です。場所は、西巣鴨。またここからは随分と、行きにくい！

バス停に戻って〈東15〉系統で終点、「東京駅八重洲口」へ。〈東42－1〉系統に乗り換えます。日本橋を渡り、三越前を通ったかと思えば、人形屋の並ぶ浅草橋やオモチャ問屋

やっとの思いで辿り着いた新川の於岩稲荷田宮神社。全然見つけられなかった時は、完全に祟りかキツネの仕業に違いないと思いましたよ

の町、蔵前など面白いところを走り抜ける路線ですね。ずっと行くと労働者の町、山谷《さんや》も通るなど東京の多種多様な顔が見られるんだけど、今日は「東武浅草駅前」で途中下車。道を渡って〈草64〉系統に乗り換え。これで、目指す「西巣鴨」に行くことができます。

ただ、浅草から目的地の西巣鴨までは、かなりの距離があります。またこのバス路線（135ページ上地図参照）、ぐねぐね曲がって走るので距離は更に長くなる。普段ならあちこち曲がるコースは好みなんだけど、今日は目的がありますからね。時刻は見る見る過ぎて行く。陽が傾いて行く。窓の外が薄暗くなって行く……

はっきり言って暗くなってから、墓地なんかにはあまり行きたくない本音がある。おまけにお岩さんのお墓なんですからね。やっぱり明るい内に行っておきたい。それに何より、写真を撮らなきゃならない用もある。

だから今回ばかりは、バスの中で地図を確かめましたよ。降りてからのルートを頭の中で確認した。さっきの「於岩稲荷」の時のように、道に迷っている余裕なんてない。

結局バス停に着いたのは17時半。まだ何とか、空は明るさを保っている。よし、間に合ったぞ！

早足で目指す「妙行寺《みょうぎょうじ》」へ向かいました。ところが——

何と非情にも、門は閉まってた。開門は17時までだったんですね。これじゃ急いだところで、どうせ無理だった。

どうしようもないですね。改めて出直すしかない。

諦めて家路に就きましたよ。バス停に戻る足取りが重い。何とか1日で全部、回りたかったのに、なぁ。

「そんなに簡単に成就できるような、甘いモンじゃないよ」

お岩さんがどこかで、そう言っているみたいでした。

改めて、お岩さんの墓へ

しょうがないので日を改めて、出掛けました。今回、行くのは最後の「お岩さんのお墓」がある西巣鴨だけ。だからまぁ、行きそびれる、なんてことはあり得ない……って、簡単に言えるのかなぁ？　祟りは考えに入れとかなくていいのかな⁇

いつものように都バス〈渋66〉系統で、渋谷へ。前回はＩＣカードが一日乗車券になってくれず、初っ端からつまずきましたが今回は大丈夫。スムーズに乗れました。ホッ。渋谷からはこれも前回と同じく、〈池86〉系統に乗り換えます。ただし今回は途中下車せず、終点の「池袋サンシャインシティ」まで。西巣鴨ですからね。池袋まで出れば、後はもうちょっと先に行くだけ。ねっ？　やっぱり行きそびれることはあり得ないでしょ。

そんなわけで精神的には余裕で、池袋で昼飯のラーメンを食べに行きました。

ところが目的の店が「臨時休業」！　もう、またかよ!?　やっぱり油断はできない。ちょっと気を緩めるとすぐに、祟りの断片が降って来るようです。まぁ私に関する限り、店に行ってみたら「臨時休業」なんてのはしょっちゅうなんですけどね（笑）。

しょうがないなぁ。取り敢えずバス停の方に戻るしかない。途中、名画座『新文芸坐』の近くにはラーメン店が密集してたから、あの辺に行けば何とかなるだろうと見当をつけた。

ちょっと路地を覗いて見たら、ほぅら案の定。『らぁ麺はやし田』という、入ったことのない店を見つけたので何の迷いもなく飛び込んだ。醤油ラーメンを頼んでみると、前回の『まるいち』とは打って変わって、脂コッテリの濃厚スープ。これはこれで好みなんだ

お岩さんのお墓がある妙行寺は慶長9（1604）年の創建で、いまの場所には明治42（1909）年に移転してきたそうです

よなぁ。何故かメンマが細長い一本で、コシのある麺と、スープとの相性もバッチシ。後で調べたらここ、チェーン店で、新宿が本店と分かったんだけど、まぁいいやね。これでお岩さんのお墓参りするパワーも充填。

改めて「池袋駅東口」のバス停へ赴く。前回、逆方向の浅草から乗った〈草64〉ではなく、〈草63〉系統に乗り込んだ。別に、深い意味があったわけではないんですけどね。単に、こっちの停留所の方が、ラーメン店から行くには近かった、というだけの選択でした。

さてここから乗れば、目的の「西巣鴨」まではほんの僅か。6つ目のバス停です。

また何か妨害があるのでは、と身構えたけど、あっさり到着しました。前回、お寺の前までは行ってるから道もよく分かってる。これまたあっさり、門前に着いてしまいました。

前回は夕暮れだったけど、今回は真昼で、しかも天気もいい。同じ山門なんだけど、見る環境が違えば印象も随分と違いますねぇ。本堂も立派。晴天を背に、聳え立っているようです。

入って、右手を見ると親切な案内板もあった。何と「お岩様墓所まで約80M」ですって。参詣者も多いんでしょうかね。何かここまでされると、観光名所みたい（汗）。

ともあれ案内板に書かれていた通り、本堂の前まで歩いて左折します。すると、道標まであった（笑）。

更に従って行くと、何故か鳥居が立っていて、その奥に由緒の説明板。四谷の「於岩稲荷」にあった、都教育委員会の説明板とは内容がかなり異なってます。今回も全文、引用してみましょう。

〈お岩様が、夫伊右衛門との折合い悪く病身となられて、その後亡くなったのが寛永十三年二月二十二日であり爾来、田宮家ではいろいろと「わざわい」が続き、菩提寺妙行寺四

寺内の親切な案内に従ってあっさり到着した「お岩様の墓」。「浅野家」のお墓もあって何だか得した？　気分です

代目日遵上人の法華経の功徳により一切の因縁が取り除かれた。この寺も当時四谷にあったが、明治四十二年に現在地に移転した。お岩様に塔婆を捧げ、熱心に祈れば必ず願い事が成就すると多くの信者の語るところである〉

あっちは「夫婦円満」だったとありましたが、こっちでは「夫との折合い悪く」……。まぁこっちの方が怪談とは辻褄《つじつま》が合いますわね。

　とにかくまずはお参りを済ませましょう。案内に従って、ぐねぐね曲がり込む。すると——

ありました！　お岩さんのお墓。

随分と立派ですねぇ。前回、フラレてるだけに改めてご対面が叶うと、感無量です。

ふと左手を見ると「田宮家の墓」もあるんですが、一族の墓よりお岩さん個人の方がずっと入念に祀られてる感じ。そりゃ説明板にもあった通り、「わざわい」を収めるためですものね。祀る側だって気を遣おう、てなものですよね。

さて既に案内図などにも示されていた通り、このお墓のすぐ近くには「浅野家《あさの》」の墓もあります。赤穂《あこう》浪士で有名な、あの浅野家ですね。浅野内匠頭《たくみのかみ》や四十七士の墓は有名な高輪の泉岳寺《せんがくじ》にあり、私も行ったことがありますが、ここにあるお墓は内匠頭のお婆さんや、義理の妹のものらしい。

物語では『四谷怪談』の田宮伊右衛門は、元は赤穂浪士で討ち入りには参加しなかった不義士という設定になっている。実は初演時、『四谷怪談』と『忠臣蔵』とはシーンが交互に演じられていた。さすがに長過ぎるのでその後、夏は『四谷怪談』、冬は『忠臣蔵』というように分けて芝居に掛けられるようになったが元々、表裏一体の物語だったのだ。

しかしこうして来てみたら、「浅野家」と「田宮家」が同じ墓所に眠っている。うーむただのお話ではなかったのか。やっぱり本当に縁があったんだ、と想像が膨らみますなぁ。

お岩さんは3人いた⁉

　ここでいよいよ、四谷の於岩稲荷に行った時に掲げた疑問。貞女だった筈のお岩さん、円満だった筈の田宮夫婦がよりにもよって、怪談のモデルなんかにされてしまったのは何故なのか⁉　を解き明かしていきましょう。鍵はさっきの説明板にもあった、時代。お岩さんが亡くなったのは寛永13（1636）年と書かれてますね。

　しかし前にも説明した通り、「お岩の呪い」話を最初に書いた『四ッ谷雑談集』が世に出たのは、享保12（1727）年。「四谷ではこんな噂が囁かれている」と怪奇現象を取り上げているが、実に100年近くも隔たっている。そんなにも後になって今更ながら、噂話を本にまとめたりするだろうか。本の中では事件が起こったのは貞享年間（1684〜1688）とされているらしいが、それでも50年も開きがある。

　前にも参考文献として取り上げた『四谷怪談　祟りの正体』の小池壮彦氏は、田宮家の過去帳まで入手し、綿密に調べ上げている。記録が曖昧な部分も多く、不明な箇所も多々あるが、田宮家2代目の妻（初代の娘）に「岩」という女性がおり、確かに寛永年間に亡くなっている。ここまでは、いい。

ただしその後、4代目の時代に生死の記述もない謎の女性がいる、というのだ。これこそが『四ッ谷雑談集』に書かれた、嫉妬に狂って町から走り去ったという「お岩さん」ではないのか⁉ 2代、隔たっているからお婆さんと孫に当たる。貞女として有名だった母の名を3代目が娘にもつけたとしても、何の不思議もないだろう。むしろ自然なことのように思われる。

小池氏は更に考察を進める。実は『四ッ谷雑談集』は正式に出版された本ではなく、マイナーな存在だった。「お岩伝説」が広く世に知れ渡ったのは天明8（1788）年の『模《も》文《もん》画《が》今《こん》怪談』という本によってだが、これまた『四ッ谷雑談集』から50年以上も経っている。

田宮家の過去帳によるとこれから少し遡る時期、家内では死者が相次いでいる。そして再び、名のよく分からない女性がいる、というのだ。

ここで小池氏は仮説を挙げている。「お岩さんは実は、3人いた」。まずは最初の貞女。

そして2番目の、嫉妬に狂って出奔した女性。実はその時、確かに家内では不審なことが続いて「これはお岩の祟りでは」と囁かれたのではないか。

更に第3の女性の時にまたも不審死が相次いだ。それで再び「やはりお岩の呪い」と噂が再燃した。『模文画今怪談』はこれを取り上げ、有名になった。興味を持った鶴屋南北が『四谷怪談』を書き上げた。こんな風に流れを考えてみると、時期的にぴたりと収まる。

こんなに堂々としてるのに入る時は
全然、気づかなかった……

3人もいたんじゃ話が混乱して、訳が分からなくなるのも当然ですね（笑）。

寺の入り口のところに戻ってみたら、最初に気づかなかったこんな石碑まで立っていた。「お岩様の寺」って、そんな風に書かれるとやっぱり、おどろおどろしさが薄れる。

おまけに外の商店街をよく見ると、「お岩通り商店会」ですよ（苦笑）。

さぁここまで来たならもう一つ、行っときたいとこがある、実は近くにあの「遠山金四郎景元《かげもと》の墓」もあるのですよ。鬼平と同じ家に住んでいたことが分かった、あの名奉行ですね。何だかこのバスの旅では、「金さん」にやたら縁があるなぁ。

ところが地図を見ながらいざ、目指す本妙寺に辿り着こうとしたら目の前の道がアスファルト舗装工事で、通行止め。グルーッと大回りして、工事現場をすり抜けるようにして境内に入らなければなりませんでした。おぃおぃ、お岩さんのお墓参りまで終わったのにまだ、祟りは続いてんの!?

おまけにここには「金さんのお墓」だけでなく剣豪「千葉周作《ちばしゅうさく》の墓」、更には「明暦《めいれき》の大火供養塔」まであることが分かりました。江戸でも最大の被害を出した大火ですね。

実はこのお寺は本郷から移って来たもので、明暦の大火はここが出火元とされていたのでした。あれもまた恋のもつれにまつわる、振袖を由来とする一大悲劇じゃないですか!? 何だかいつまで経っても、『四谷怪談』の世界から抜け出せないなぁ。

巣鴨と言えば、有名なのは「とげぬき地蔵」で知られる高岩寺《こうがんじ》。祟りの棘《とげ》を取ってから

こちらの本妙寺には「金さんのお墓」の他にも史跡がたくさん。写真は載せられないですが、囲碁の家元・本因坊の歴代のお墓や、江戸時代の将棋の名人・天野宗歩《あまのそうふ》のお墓、ペリーが浦賀にきた際に通訳を務めた森山多吉郎《もりやまたきちろう》のお墓なんかもありました

帰った方がよさそうだ。てなわけで、足を延ばしました。

ここで参詣者が列をなすのは境内の「洗い観音」。観音像に水を掛け、自分の悪いところを洗うと治る、という。

実はこの観音像は2代目で、初代はあまりにみんながタワシで擦《こす》るものだから、擦り切れてどこが目だか鼻だか分からないくらいになっていた。これまた、「こんにゃく閻魔」のところでも感じた人間の業ですなぁ。だから今では、タワシではなく布で擦るようになっている。観音様を擦り切らしてしまったのでは、身体が治ってどうの、なんて話じゃぁなくなりますからね（笑）。

しかし身体の悪いところではなく、「呪い」を落とすにはどこを洗えばいいんでしょう？ 迷ったけど、背負い込んだものを落とす、という意味で、仏像の背中を洗ってみました。

これで大丈夫でしょう……多分。

『四谷怪談』お岩さんの旅バスルート

①新宿追分➡左門町

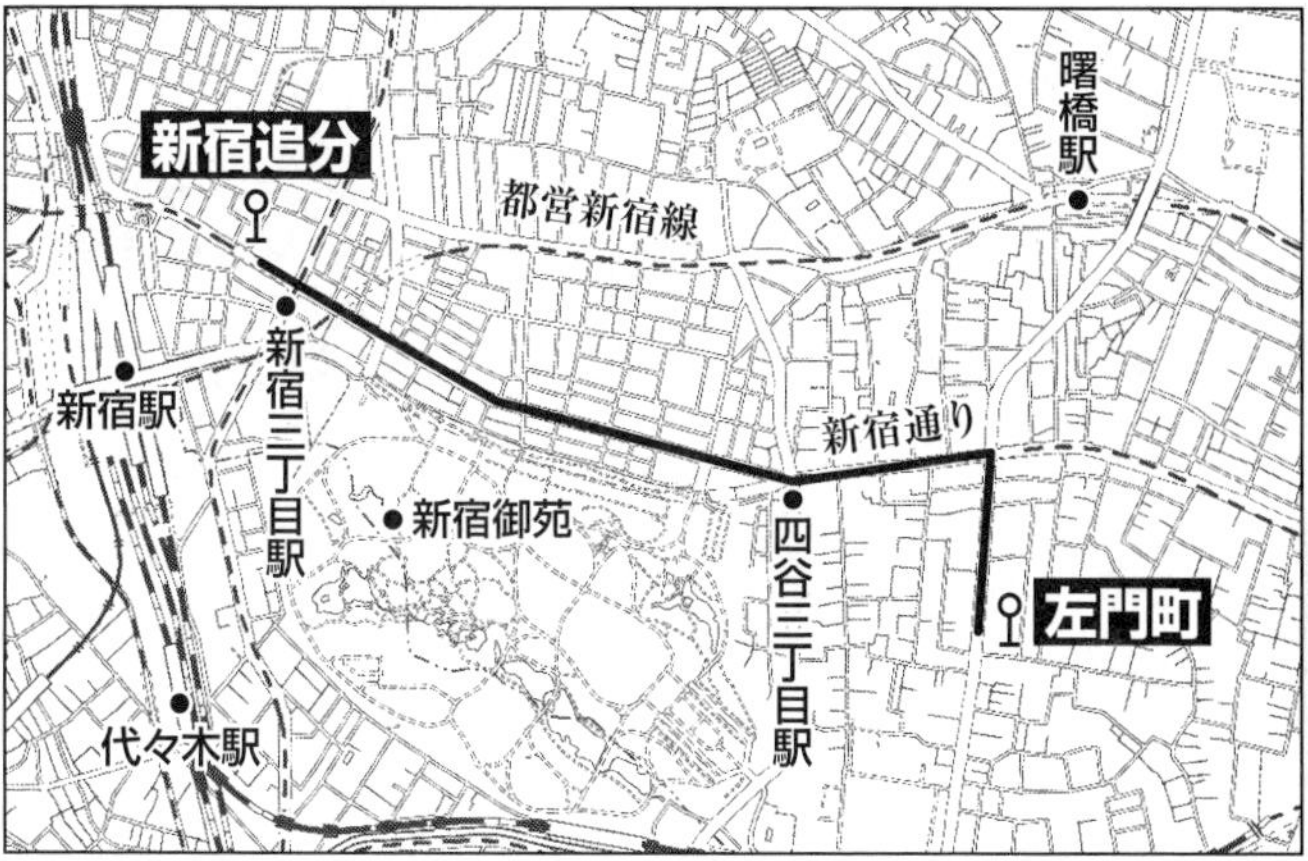

鬼平の菩提寺に行った時と同じ、〈品97〉系統で四谷の２つの「於岩稲荷」へ。この路線に乗る機会、多いなぁ。お墓とお岩さんですもの。どっか同じ地平にありますよね。降りるバス停も鬼平の時と同じ、「左門町」。この直ぐ近くには四谷警察署があります。警察も鬼平に通じるよなぁ

②四谷駅➡勝どき橋南詰

四谷からは〈都03〉系統に乗って、第３の於岩稲荷を目指します。左手は皇居のお濠という長閑な眺めなのに、右手は最高裁判所や警視庁など厳しい建物が続く。やがて日比谷公園の横を抜け、銀座のど真ん中を突っ切って築地へ。更に勝関橋で隅田川を渡る、という見どころ満載の路線です

③勝どき橋南詰➡新川二丁目

勝どき橋南詰で〈東15〉系統に乗り換えると、勝鬨橋をさっきと逆走して直ぐに細い道に右折します。聖路加国際病院や鐵砲洲稲荷神社の前までは乗ったことがあったけど、そこから先はぐねぐね曲がって方向感覚が失せてしまった。でもまぁ道に迷うのも、小さな旅の面白さではありますからね

④東京駅八重洲口➡東武浅草駅前

東京駅八重洲口からは〈東42-1〉系統へ。日本の鉄路の中心から走り出し、続いて道路元標のある日本橋を渡る。鉄路と道路の原点からスタートするという、何か旅の象徴的な始まり方ですね。この後も浅草橋に蔵前に浅草に山谷に、と色んな性格の街を走り抜ける、本当にオススメの路線です

⑤東武浅草駅前➡西巣鴨

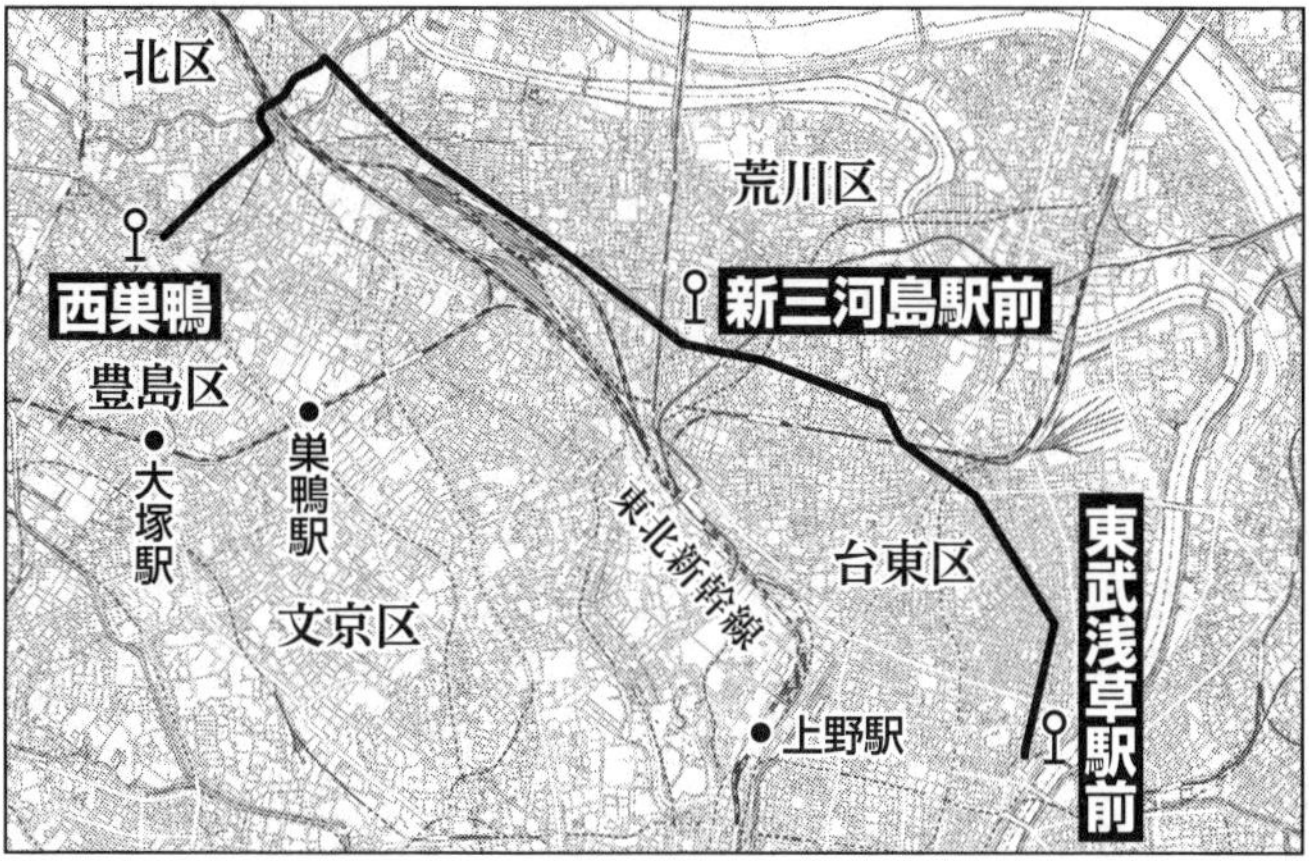

〈草64〉系統は浅草を出ると、馬道通り、土手通りと走って「吉原大門」の交差点を抜けます。まさに落語の世界。三ノ輪で明治通りに合流すると、後は最後までこの道伝いに走る。王子駅前から飛鳥山の脇を走り抜け、都電荒川線の線路を跨いで右折しますが、これもずっと明治通りなんですね

⑥池袋駅東口➡西巣鴨

今回は〈草63〉系統で池袋から西巣鴨へ。実はこれと、前の〈草64〉系統。どちらも池袋からスタートして浅草まで行くんだけど途中、大きく離れたかと思ったらまた合流したりなんかして、何でこんな２路線わざわざ作ったの？　と不思議になってしまう。実はそれぞれ、大きく異なる歴史があるらしい

第4章

飛び回る生首が描いた北斗七星をぶらり

大蔵省もＧＨＱをも震え上がらせた怨霊⁉

平将門《たいらのまさかど》――

日本三大怨霊の１人（他は崇神《すじん》天皇と菅原道真《すがわらのみちざね》）とされる。しかも他の２人については、呪いは既に解消されている（ように思われる）のに対して、将門の祟り話は未だに現役だ。おまけにその舞台は主に、ここ東京。まさに「もののけバス旅」に相応《ふさわ》しい対象と言えましょう。

将門の生年は定かではないらしいが、没年は天慶３年２月14日（西暦に直すと９４０年３月25日）とハッキリしており、その時38歳（満37歳）だったというから逆算して、延喜《えんぎ》３（９０３）年の生まれとされる。

ざっくり解説すると平将門は、関東諸国に巻き起こった抗争に勝ち抜き、自ら「新皇《しんのう》」と名乗って京の天皇に対峙《たいじ》した。もちろん朝廷がそんなことを許す筈がなく、藤原秀郷《ふじわらのひでさと》、平貞盛《たいらのさだもり》らの軍が「朝敵」将門を襲う。陣頭に立って応戦するが突風に煽《あお》られて馬の足並みが乱れ、棒立ちになったところに飛んで来た矢が、将門の額に命中。敢えなく討死した。

打ち落とされた首級は京に運ばれ、晒《さら》し首にされたがある日、白い光を放って空高く舞い上がり、関東を目指して飛び去ったという。それが落ちた場所、とされるところが各地にあるが、最も有名なのが千代田区大手町にある「将門塚」。今では皇居のお濠の前に我が国を代表する企業ビルが立ち並ぶ、名実ともに都心の一等地に当たります。

江戸幕府を開いた徳川家康は、かつて関東を支配して朝廷に相対した将門を尊重したというが、明治に入ると対応は逆転。東京遷都を果たし、天皇もこちらに移って来られたというのに「朝廷の敵」の記念碑が皇居の目の前にある。そんなの、認めるわけにはいかないのは当然ですな。

当初は大蔵省がこの地に建てられ、その中庭にぽつんと残されていたのが関東大震災で破損。大蔵庁舎も壊れたため仮庁舎を建てる際、塚の下にあった石室などが破壊された。そうしたら当時の大蔵大臣以下、14名の官僚が次々と命を落とした、という。震え上がった大蔵省は現在の霞が関に移転し、塚の跡であることを示す石塔婆が新調された。

戦後、日本に乗り込んで来たGHQも祟りの被害者だ。ここをモータープールにするべく塚を破壊したが、ブルドーザーが転覆し死者まで出る事故が発生。由来を聞いてさすがにこの地に手を出すことは諦めた、という。

昭和48（1973）年のビル工事の時も祟りがあった。塚の向かいと横とで2つのビル工事が始まったのだが、横手のビルは首塚を手厚く供養してから着工したのに対し、向かいの方は粗末な扱いをした。するとそちらのビルの地下室工事で2名が死亡。怪我人も続出したがそれは全て、塚に向いた側の場所だった。おまけに死者は2名とも同じ苗字。怪我人も頭文字の共通する人が多かった、とされる。

まぁここまで祟られては誰も動かすことなどできるわけはありませんな。そんな経緯でこんな一等地にもかかわらず、首塚跡は未だに大手町の地に残り続けている。

実はここ以外にも、東京には「将門ゆかりの地」とされるところが点在している。そしてそれらを結ぶと、「北斗七星」の形になる、というのだ。北斗七星は将門が信仰していた妙見菩薩を象徴しているという。実際に繋げてみると、やや歪《いびつ》な感も否めませんが、確かに北斗七星に見えなくもない。「将門魔方陣」ですな。

ただ、「将門ゆかり」とされる場所は都心部近くに限っても20近くあるらしいので、それらの中から適当に7つを選び出せばそんな形になってもおかしくない、との反論もあり

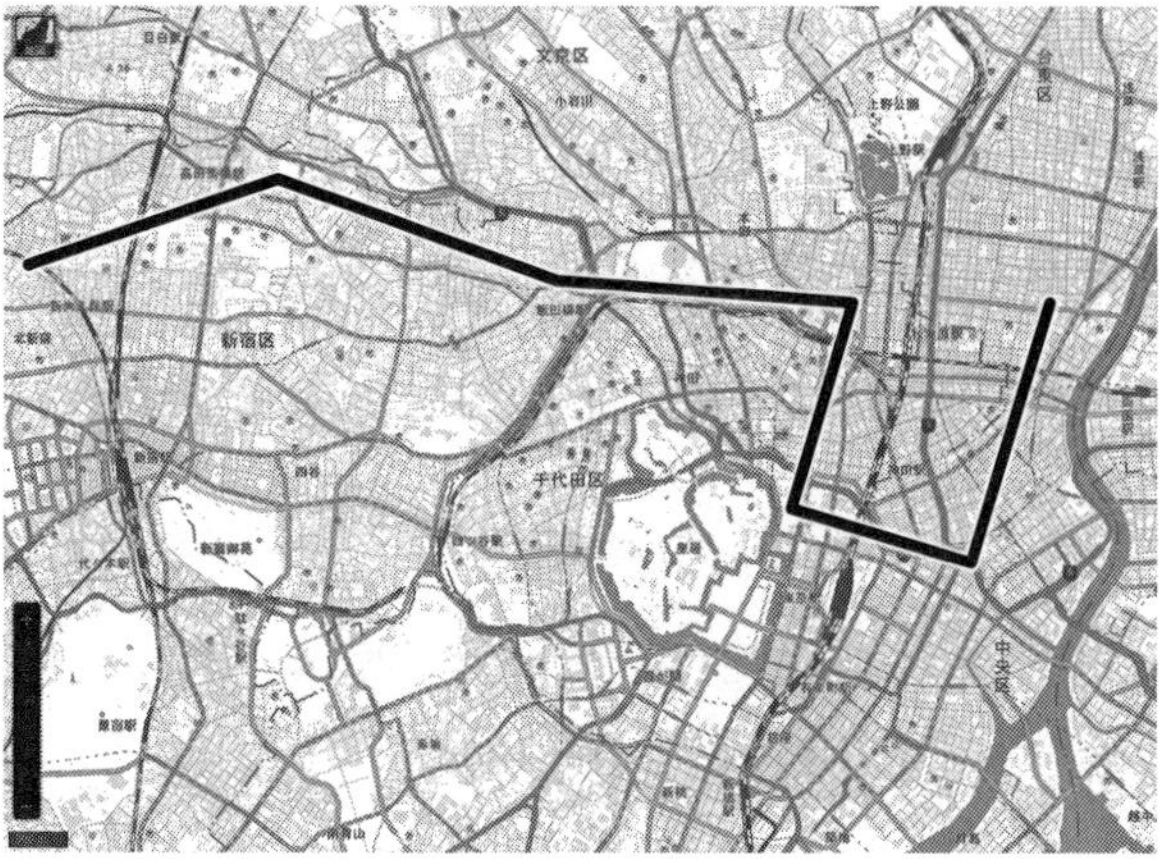

そこそこ北斗七星になってますね。今回の旅はこれをバスで回ります

得るでしょう。

でもまぁいいではありませんか。やっぱりこの方が、話としても面白い。

まずは最大の聖地へ

そんなわけで早速、7ヶ所全てを回ってみることにします。本来なら北斗七星の並びの順番に、どちらかの端からスタートするのが筋かも知れないが、やっぱりここは、まず訪ねとくべきは首塚の跡でしょう。大蔵省もGHQも手を出せなかった怨霊の聖地ですからね。祟られないためにも最初に、礼を尽くしておくのが無難かと思われます。

てなわけでやって来ました、将門塚。東京

最大のパワースポット、とされる。場所は本当に皇居のお濠の目の前。地下鉄大手町駅のC5出口を出れば、もうそこにある。返す返すも一等地です。

まぁ本来ならタイトル上も、バスで来るべきなんでしょうけどね。でも駅からこんなに近いんだもの。おまけにこの後、あちこち巡るつもり。そっちをバスで回るので、ここは勘弁してもらえませんか。最初に時間も節約したいですし、ね。

そんな次第で地下鉄で直行した将門塚。実はここには以前、何度か来たことがあった。昔はビルの立ち並ぶ中にぽつん、と異様な空間があって、何とも不気味だった。真夏でもここに来ると何故かひんやりと寒気がした記憶がある。いやぁこりゃ確かに心霊スポットだよなぁ、としみじみ感じたものだ。

何年か前に来た時には、整備工事の真っ最中だった。落下物がないように頭上に覆いまで掛けられ、何とも恭《うやうや》しく工事が進められていた。そりゃそうだよなぁ。粗末に扱ったらまた死人が出てしまう。おっかなびっくり工事するしかないのも、当たり前ですよ。

さて今回、久しぶりに来てみたらずいぶんとスッキリしていた。何かここまで整備されてしまうと、逆に怖さは薄れてしまう感じ。まぁとにかく怨霊の気を鎮《しず》めて頂くために、

都内の超一等地にある将門塚。そのパワーにあやかりたいという方は一度お参りしてみてください。あっ、お供えやお線香は禁止ですのでご注意あれ

礼には礼を尽くして整備した結果こうなった、ということなのかも知れませんが。そう考えてみればこの整然さも、畏《おそ》れの産物と見えなくもない。

それにとにかく今回、感じたのは参拝客の多さだった。引っ切りなしにお参りに来るものだから、なかなかシャッターチャンスが訪れない。誰一人、入らないように撮るなんてとても不可能でした。やはり皆、ここに来てパワーを頂きたいと思ってるんでしょうねぇ。

それから一人、ずっと熱心に板石塔婆《いたいしとうば》を掃除しているご婦人もおられた。もしかして周りの企業の人？　隣の三井物産なんか祟りがないように、全ての席はこの塚に尻を向けないよう配置されている、なんて都市伝説もあることだし。験《げん》を担ぐ総合商社なんだしあながち嘘ではないのかも知れない。だからそういう周りの企業が、担当者を決めて交代で掃除しているとしても不思議はないな、とも思ったわけです。

ただご婦人、掃除が終わると満足したように塚に手を合わせ、どこかへ立ち去って行った。どうも企業の人ではないみたい。きっとボランティアなんでしょう。こういう人達の思いがあってこその将門塚なんだなぁ、と改めて感じました。

さて、人の姿が少なくなったんでようやく、私も手を合わせます。正面から見ると板石塔婆が立ってて、その裏に隠れるように石塔がある。いかにも古そうな石塔ですねぇ。工事してた時にはガラスケースの中に収められてて、「いやぁこれくらい保護しとかなきゃ傷んじゃうよなぁ」と納得したのですが。今は剝き出しに戻ってました。いいのかな、雨晒し野晒しで。まぁ見た目よりずっと頑丈なのかも知れないし。私なんかが余計な気を回すものではないんでしょう、きっと。

さてこの近くにはもう一つ、名物があった。カルガモの池。三井物産の前の人工池に毎年、カルガモの親子がやって来てお濠までゾロゾロと道を渡って散歩する。その愛らしい姿が評判になったものだ。

そんなほのぼのした光景のすぐ横には、東京最大の心霊スポット。そのギャップが面白かったものである。

ところが今回、行ってみたら池の方は工事中でした。また池として作り直すのか。それとも全く違う設備を作る気なのか、見ただけではよく分かりませんでしたね。まぁ季節的にもカルガモは来てるわけもないし。諦めてその場を後にしました。

次に向かうのは神田明神。そう、江戸の総鎮守であるあの神社もまた、将門ゆかりの地なのですよ。

ここからはバスで目的地に向かいます。やっとタイトル通りになって来ましたね。

将門は今も東京を守る

「江戸の総鎮守」神田明神。ここに祀られているのは実は、平将門その人だ。

討ち取られ晒しものにされた将門の首が京の都から飛んで来て、現在の首塚の場所に落ちた時、大地は鳴動し太陽は光を失い、人々は恐怖に畏れ慄《おのの》いた。慌てて首塚を建てたのみならず、近くにあった神田明神にその霊を合わせ祀ったところようやく祟りは収まった、という。

そう。元々の神田明神は今の首塚の場所にあったんですね。

それが徳川家康が江戸に入府し、江戸城を整備する時あまりに目の前にあったので、他へ移すことになった。まず慶長8（1603）年に神田台に。次いで元和《げんな》2（1616）年には現在地に移された。

実は今の神田明神の位置、江戸城から見ると鬼門の方向に当たる、という。鬼門とは

「艮《うしとら》＝丑寅《うしとら》」、北東を指し我が国では古来「鬼の去来する方角」とされ忌避される。そこに将門を祀る神社を置いた。つまりやって来る鬼＝災いに対し将門に江戸を守ってもらおう、という意志が見えるわけですよ。祟り神を守り神へ、という逆転の発想ですね。

3大怨霊の1人、菅原道真だって「学問の神様」にされた。日本人は結構、こういうことをして怨霊の怒りを鎮める。

ただし、首塚だけは移せなかった。そこまでやってしまうとさすがに祟りが怖い。つまり首塚は前節で述べた大蔵省やGHQだけでなく、徳川幕府すら震え上がる存在だったんですね。

そんなわけで大手町から、神田明神に移動します。

例の北斗七星で言うと、柄杓《ひしゃく》の器と柄《え》の接する場所。またも端から順番に辿ることにはならないけど、由来からして首塚の後はやっぱりここへ行くべきでしょ！

最寄りの「神田橋」バス停から、都バス〈東43〉系統へ。出発地である「東京駅丸の内北口」からたった2つ目の停留所なんだから、さすがに時刻表通りに来るだろうと睨《にら》んだんだけど、なかなか来なかったなぁ。天気はいいが風が冷たくて、あんまり外に佇んで嬉しい日でもなかったんですけど。これも祟りの一つかなぁ。まぁ最初に首塚にお参りしたんだから、それはない筈だと思いたい。

結局、5分遅れでバスが到着。これ、東京駅前から東大の前を通って田端を抜け、荒川の河川敷まで行ってしまう私の中でも大好きな路線の一つなんだけど、今日はそんなには乗れない。3つ目の「御茶ノ水駅前」バス停で下車。

ここからバスを乗り継いで、神社の目の前まで行けなくはないけど、そうした方が却《かえ》って時間が掛かってしまいそう。神田川を見下ろす道を、ぶらぶらと歩きました。じっと立ってると風が冷たいけど、動いている分にはそうでもありませんでしたからね。

ずっと以前に行った記憶を辿って、湯島聖堂を回り込むように歩いてみました。ただ後で調べたら、聖橋《ひじりばし》の立体交差で階段を上がって行った方が早かったみたいですね。まぁ、しょうがない。

「朝敵」を敬い続けた江戸っ子の意地

そんなわけでやって来ました、神田明神。銅板葺《ぶ》きの鳥居からして存在感ありまくり、ですよねぇ。おまけに参道の奥に見える楼門がまた、荘厳そのもの。

ただし今回は、楼門の脇に用があります。お宮の由緒を記した説明板。

「御祭神」として一の宮「大己貴命《おおなむちのみこと》＝大国《だいこく》様」、二の宮「少彦名命《すくなひこなのみこと》＝恵比寿《えびす》様」、そして三の宮として「平将門」を挙げてある。

確かに社伝によれば神田明神は天平2（730）年、武蔵国豊島郡芝崎村に入植した出雲系の氏族が、大己貴命を祖神として祀ったのが始まり、とある。大己貴命は大国主命《おおくにぬしのみこと》の別名ですから、出雲系の祖神であることは間違いないですね。

ただねぇ。これまたずっと以前、神田明神に来た時たまたま祭神のご開帳日で、ありがたく拝ませてもらったんだけどやっぱりそれ、平将門の像だったんですよ。木像のように見えたけど、遠くから拝むしかなかったのでそこは明言はできない。

前節でも述べましたが関東を統治して京の天皇に刃向かった将門を、徳川幕府は尊重した。神田祭は「天下祭」とも言われ、神輿《みこし》が江戸城内に入るのを許され将軍が上覧までしてた、というんですから。どれだけ大切にされていたかが伝わります。

ところが対して明治政府は、「朝敵」将門を何かと目の敵《かたき》にしたんですね。それでも祟りのせいで、首塚を移すことは叶わなかったんですけど。そんなものを祀った神田明神を、明治政府は許せなかった。社格を格下げしてしまった。幕府のことも憎かったから、それが崇敬してた神社ということで恨みを買った面もあったのかも知れません。

だから祭神である将門を、3番目まで落とすしかなかったんじゃないでしょうか。私にはそう思えてなりません。ただ、そんな目に遭ってもなお、ちゃんと氏神として将門の名を明記している。そこに江戸っ子の心意気を感じますよねぇ。さすがは「江戸の総鎮守」の面目躍如！

そんな風に思ってお宮にお参りすると、ありがたさがまたひとしお、です。それに立派な拝殿が、青空に映える映える。ここもまた首塚と同様、参拝客も多かったですね。ただしこの内のどれだけが、ここの神様は実は将門、と承知してるんだろうか。ちょっと不安にもなりました。特に境内には、楼門をくぐったすぐ左手に大黒様の石像があり、その前で記念写真を撮っている姿が多かったし。うーん、まぁいいですよ。確かにこの神社の由来はこの神様に始まるし、祭神の一の宮にも挙げられてるし……

まぁいつまでもモヤモヤしてても始まらない。実はこのお宮、更なる名物があるんです。

この拝殿の美しさよ！　いやはや天気のいい日の東京散歩は最高です。神田明神が創建されたのは天平２（730）年というからすごい歴史ですね。三の宮の「将門様」が奉祀されたのは延慶２（1309）年なんだそうです

それが、「銭形平次の碑」。

若い人には、「聞いたことはあるけどよく知らないなぁ」って人も多いんじゃないですかね。「『ルパン三世』の銭形警部なら知ってるけど」なんて人も。

私らの小さい頃は大川橋蔵《おおかわはしぞう》主演のテレビドラマで、大人気だったものですよ。子供はみんな平次のマネしてコインを投げて（お話では逃げる悪人に銭を投げつけて捕らえるのがお約束）、親から怒られてた（笑）。

その主題歌の歌詞に「なんだ神田の明神下で〜」とあった通り、平次の自宅は神田明神のある台地の下、という設定になっていた。だから所縁の地として、ここに石碑が立つことになったんですね。

笑うのが石碑がちゃんと、平次の投げる「寛永通宝」の上に立っていること。おまけに脇にも小さいのがあるのでよく見ると、これ子分の八五郎《はちごろう》（通称「がらっ八《ぱち》」）の碑なんですね。

こうして見てると「がらっ八」が「親分てーへんだ、てーへんだ〜」と平次宅に駆け込んで来る姿が、浮かんで来るよう。返す返すも粋なところだなぁ、とつくづく感じます。

この碑を見るたびに誰かにコインを投げつけたくなります

ただ、境内を歩いているとあちこちに可愛いアニメの絵が飾ってあって、何だこりゃ？　と思ってたんですけど。後で調べたらこれ『ラブライブ！』という人気アニメで、神田界隈《かいわい》が主な舞台であり、この神社も何度も出て来てファンの間では「聖地」の一つになってるんですって。あぁ、そういうことかぁ。

若い参拝客も多かったから、そっちの興味で来ている人もいたのかも知れないですね。いえ、いいんですよ。色んな方向からとにかくここに興味を持ってもらって、参拝しに来てくれるのはいいことに間違いない。

ただねぇ。そしたらますます、「実はここは将門が」──の意識が薄れて行ってしまうような……まぁそういう意味では、銭形平次も一緒、っちゃぁ一緒か——

何だか「将門魔方陣」から離れて行ってしまいましたね。

気を取り直して、次。いよいよ北斗七星の先端、鳥越《とりこえ》神社に行ってみましょう！

ここ、本当に将門の聖地？

神田明神から、鳥越神社へ。今回もちゃんとバスを乗り継ぎます。

本郷通り伝《づた》いに湯島聖堂前を歩いて、順天堂病院の裏へ出る。途中、ちょうどいい時間になってたのでラーメンを食べることにしました。ところが例によって、行こうと思ってた店は長蛇の列。まだ若い店主が、昔ながらのラーメンを全力で復元した店で、どの駅からも遠いし穴場だったのに、なぁ。やっぱりあっという間に評判が評判を呼んだんでしょうね。

諦めてちょっと歩くと、すぐ先に別なお店を見つけたので入りました。煮干しラーメンが自慢の『らーめん　雅《まさ》ノ屋《や》』。先に行こうとしてたのが醤油ラーメンの店だったので、敢えて塩ラーメンを注文してみました。いやぁ、有名店の近くで勝負してるだけあって、これまたあっさり奥深いスープですなぁ。目的の店が満員だったお陰で、新しい味に巡り会うことができた。なので、これは祟りではありません。

さて、店を出たすぐ先はもう目指すバス停近く。交差点を鋭角に曲がって、都バスの「順天堂病院前」停留所へ。〈茶51〉系統に乗り込みます。ただし2つ先の「本郷三丁目駅前」バス停で慌ただしく降りる。春日通りを渡って、こちら側の「本郷三丁目駅前」バス停から、〈都02〉系統に乗り込みます。これで、目的地の付近まで行ってくれる。

この〈都02〉系統、JRの「錦糸町駅前」と「大塚駅前」をつなぐ路線で乗っていて実に楽しい。東京の色んな顔を見せてくれます。今回は途中で乗って途中で降りるだけだけど、それでも湯島天神前の急坂を下りる辺りや、上野広小路から御徒町駅前の雑踏を眺めつつJRのガードを潜る辺りなど、見どころ満載。もっと乗っていたい誘惑に駆られながら、「蔵前駅前」で下車しました。ここから更に乗り換えてもいいけど、バスを待つ時間の方がもったいない。ぶらぶら歩いて鳥越神社を目指しました。

ただし、後で調べてみたら「蔵前駅前」よりもっと手前の、「元浅草三丁目」で降りた方が直線的に近かったみたいですね。まぁ、しゃぁない。

てなわけでやって来ました、鳥越神社。位置的には北斗七星の、柄杓のまさに先端に当たります。本来ならここからスタートしてもよかったんだけど、まぁこれもしゃぁないやね。やっぱり首塚から始めとかないと、祟りが怖いですからね。

さて実はこの神社、Ｗｅｂ版「おとなの週末」で不定期連載してる「東京路線バスグルメ」でも来たことがあった。結構、最近のことです。ただその時はここが、「平将門」所縁の神社だなんて全く知らなかった。

ネット情報によるとここの宮司《ぐうじ》さんが将門を祖とする平忠常《たいらのただつね》の末裔に当たる、という。また他のサイトでは、将門の首が当地を飛び越えたことから「飛び越え」→「鳥越」になった、という説も。

でもねぇ。将門の首は京都から飛んで来て首塚の場所で落ちたんだから、ここだとそのルートから外れてるじゃぁないですか。まぁ首は真っ直ぐ飛んだとも限らないし、諸説あるということにしときましょう。

とにかく前回、来てみたけど境内には「将門」の「ま」の字もなかったような記憶が。今回、改めて確かめてみたけどやっぱり全く見当たりませんでしたよ（笑）。

鳥越神社の創立は孝徳天皇の白雉《はくち》2（651）年。神田明神よりも古いなんてすごい！

　神社の由来を記した説明板が、ここではえらいハイテク版で、画面にタッチするとスクロールが始まる。お陰で全文を撮影することはできなかったけど、祭神は日本武尊《やまとたける》で、蝦夷《えぞ》征伐に東征する途中で立ち寄ったことに由来する古社みたいですね。

「東征」つまりは東国で、朝廷に従わぬ者共の平定に来たわけで、そういう意味では、将門を成敗した方の側に当たるじゃないですか（笑）⁉　時代は違いますけどね。

　おまけに由来の後半を見てみると、源義家《みなもとのよしいえ》が奥州征伐のためにここを通り掛かった時、白鳥が隅田川を飛び越えるのを見て「ここで渡るのがいい」と渡河地を決めた。それが「鳥越」の名の元になった、という。またも「東征」武士が関係してますよ。どちらも敵側なのに、なぁ。ただこの因縁、次の兜《かぶと》神社でも出て来ることになります。本当にこういうの、どっかでつながってるんだろうなぁと邪推したくもなりますよね。やっぱりどっか、関係してるんだろうなぁ。

日本経済低迷の原因⁉ 将門はここでも隠蔽されたのか？

さぁ次へ動きます。

柄杓の底に当たる次の場所、鎮座するのは兜神社。

そう、あの東京証券取引所の立つ、我が国の金融の中心地、日本橋兜町はこの神社と同じ由来の地名なのです。こういう時の私のバイブル『伝説探訪 東京妖怪地図』（荒俣宏監修・田中聡著／祥伝社文庫）によると、**〈（境内にある『兜石』は）将門が兜を埋めた場所とも、藤原秀郷が将門を倒した後、首と兜を持って凱旋の途中、ここで兜を落としたので塚に築いたとも言われている〉**とある。

徳川家が、将門を祀る神田明神を鬼門の位置に移して江戸城を守ってもらったのと同様

兜町と言えば誰が何と言おうとこれですよね！

に、現代の日本の金融もまた将門の兜に守られている！　そう考えたら、ムチャクチャ愉快ではないですか⁉

てなわけで「蔵前二丁目」バス停から日本橋方面を目指します。

ところが乗り込んでから気がついたんだけど、これ東京駅まで行く〈東42－1〉系統ではなく〈東42－2〉でした。「東神田」で止まってしまう便で、これでは目的地に辿り着けない。

仕方ないので「浅草橋駅前」で途中下車して、次に来た〈東42－1〉に乗り換えなくちゃなりませんでしたよ。これも祟り？　まぁこの程度で済んでくれるのなら、何の問題もありませんけどね。

途中、ちょっとトラブったけど「日本橋」バス停に何とか到着。ここから乗り換えることもできないではないけど、どうせ「兜町」バス停は次なので、歩いた方が早い。まぁ、写真だけ撮っときますか。

さぁいよいよ兜町です。

ここに来たら、やっぱりまずはこれ。東京証券取引所。この町のランドマークですものねぇ。さすがに堂々としたものです。

建物がデカいので、ちょっと離れないと上手く写真に収まらない。ベストポジションを探していて、面白いものを見つけました。「鎧橋《よろいばし》」。兜町に鎧橋ですものねぇ。でも将門の鎧を収めたという「鎧神社」は新宿区、柄杓の柄の先端部にある筈なんだけど……

そしたら説明板を見てみたら、びっくり。源義家が奥州平定の途中、ここで暴風・逆浪に遭い、船が沈みそうになったので鎧一領を海中に投じたところ鎮まったため「鎧が淵」と呼んだ、とある。おぃおぃ、鳥越神社に続いてまた出て来ましたよ、源義家。

もっとも説明板には、**〈また、平将門が兜と鎧を納めたところとも伝えられています〉**とも書かれている。一応、将門もフォローされてはいる。でもねぇ。繰り返しますが将門と義家では立場が逆じゃないですか。それが、何で……？

とにかくここまで来たらもう行くしかない。

兜神社は東京証券取引所の建物の横を、日本橋川に沿うように北の方向に行ったら、ありました。本当に首都高の高架の真下。小ぢんまり、という表現そのままの佇まいですねぇ。日本の金融の中心地を守ってるんだから、もっと大規模に建て替えてもいいんじゃないの？　ケチ臭いよ、財界人！

毒づいたところで境内に入ります。おぉ、あったあった。これが『東京妖怪地図』に書かれていた「兜石」。

ところが神社の由来を見てみてまたまたびっくり。**〈源義家が東征のみぎりこの岩に兜を懸けて戦勝を祈願したことに由来する〉**とある。おぃおぃおぃ、またまた義家ですよ。おまけにこっちには、「将門」の「ま」の字もないではないですか。「鎧橋」にはまだ異説の方も併記されてたけど、ねぇ。こちらでは全くの無視、です。

首塚や神田明神の節でも説明しましたよね。朝廷に真っ向から反旗を翻した平将門を、明治政府は忌み嫌った。首塚は蔑《ないがし》ろに扱われ（だから祟られたわけだけど）、神田明神は格下げまでされた。

時の政府の意向に逆らうわけにはいかない金融界も、同調するしかなかったんではないでしょうか。それが証拠に説明板には「兜岩」と書かれてる。でも岩の脇に立つ石に彫られているのは、どう見ても「兜石」の字なんですけどねぇ。「岩」と「石」を書き間違えて、平然としてる。それくらい軽く扱ってる証拠じゃないの？　そんなこったから「バブル景気崩壊」や、「失速したままの日本経済」なんてことになるんだよっ⁉

またまた毒づいてしまいましたが、それにしても将門の名を隠したいのまでは分からないではないけど、何で代わりが義家なんでしょうか、ね。

確かに将門だって謀反を起こす前は京都に滞在し、藤原一族に仕えたりしているし、義家も勝手に「後三年の役」を起こしたことを朝廷に咎《とが》められ、陸奥守《むつのかみ》の官位を剝奪されたりもしている。

そういう意味では似ていなくもない境遇だけに、将門の名を隠すには義家の名は便利だったのかしらん？

疑問が解消されないまま渦巻くばかりですが、そろそろ夕方になってきたので今日のところは引き揚げるしかない。

兜神社自体は東京証券取引所の前身である東京株式取引所が設けられた際に「兜町の鎮守」として造営されました。将門に関係するのは境内にあるこの兜石なんです

次は、九段下の築土《つくど》神社からスタートすることにしましょう。

歪《ゆが》んだ北斗七星、平成まで隠された将門への信仰

前回の旅の後半では、「平将門」の名になかなか出会えず、「源義家」にばかり巡り会ってしまった。

ただまぁ今回は期待できそう。何たって最初に訪ねる築土神社は、ホームページの冒頭から「平将門を祀る江戸の古社」と堂々と名乗ってるところなんですから。

てなわけで、やって来ました九段下。私も行くのは初めて。地下鉄の駅から地上に上がり、九段坂を上った途中の右側にあるらしい。

今回も冒頭はバスではなく、地下鉄からの訪問。まぁ前回に引き続き、こんなに駅に近いんですものね。この後バスであちこち回りますんで……というのも、前と一緒。

さて、案内図にあった通り、九段坂の側から神社に行こうとした。ところがそちらから行ってみたら、本殿の裏手からアプローチするような形になるみたい。でもやっぱり、せっかく初めて来たんだから正面から入りたいよね。

そこで表側に回り込んでみました。そしたら、ビルとビルの間に挟まれるように社《やしろ》の敷地が確保され、参道の入り口に鳥居が立ってました。鳥居も、ビルにのし掛かられてるように見えなくもない。その前の道は、車が頻繁に通るので、全体像を撮るために距離を空けるのがなかなか難しかった。

何かのイベントの後だったみたいで、細い通路のような参道では後片付けの真っ最中。

どんな神社も初めて来る時はワクワクします。ビルに押し潰されるように本殿がありました

おまけに参詣客も多い。人影を避けて撮るのは無理だったので、入り込むままに社をパチリ。それから何か「説明板」はないか、と探します。神社の由来を記した説明板で、ここの祭神は誰かを調べるのがこれまでの常でしたものね。

……ところが、ない。見つけたのは、〈ここの狛犬は千代田区内に現存する中では最も古い〉と説明されてるものだけで、まぁそれはそれで貴重なものだけど、私が探してるのはそれではない！

結局、ありませんでした。ホームページがあれだけアツい作りなので、「主祭神　平将門」と大々的に書かれた説明板が絶対ある、と期待して来たのに、なぁ。

ただ、帰って改めてホームページを見てみたら、明治時代に入って「皇国史観」が広まり、朝廷に反した「逆賊」将門を主神とするには憚《はばか》られるようになった経緯について、詳しく説明してありました。この神社が将門を祀っていることを再び公言するのは、平成2（1990）年になってからであった、と。

これまでも説明して来ましたよね。明治政府は「朝敵」将門を忌み嫌い、弾圧した。所縁の神社などは半ば隠すような対応を余儀なくされた。ここもまたその一つだった、ということのようです。

実際の境内と違い、ホームページはあまりにアツいので一部転載したくもあったんだけど、「複写・転載不可」ということなので諦めました。興味のある方は、是非覗いてみてください。実際に見てみた友人は、「こんな神社のページ初めて」と驚いてましたよ（笑）。（http://www.tsukudo.jp/）

さて次に移動します。実はこの築土神社、各地を転々として来て現在地に落ち着いたもので、元は違う場所にあった。そして元の地でなければ、例の北斗七星の構成要素にはなれないわけです。

現在地で線で繋いでしまったとしたら、あまりに歪な形になってしまう。これではさすがに「北斗七星」と名乗るのは、ちょっと憚られるでしょう（笑）。

てなわけで都バス「九段下」バス停から〈飯64〉系統

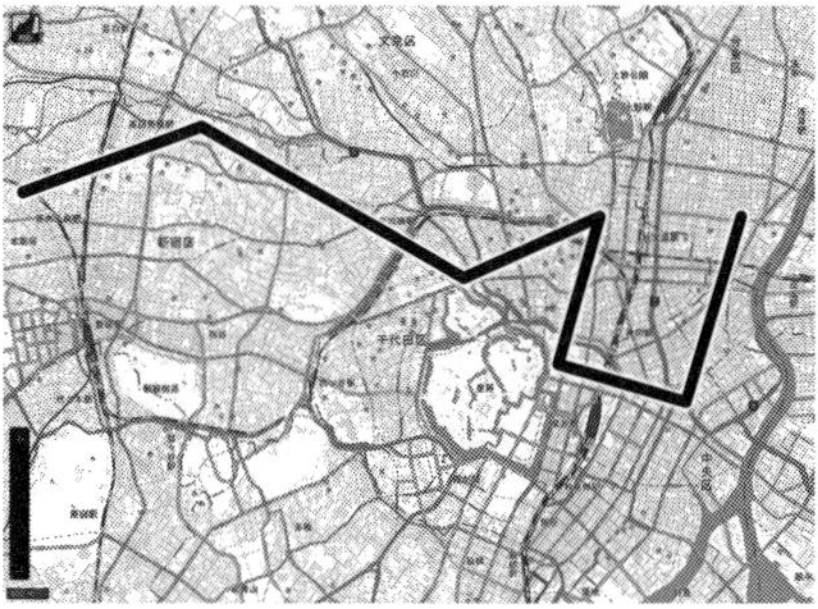

ねっ！ これじゃさすがに北斗七星とは言えません

へ。これ、鬼平の家を巡って、清水門前の役宅から目白台の「架空の邸宅」へ行く時にも乗りましたよね。「金大中事件」の、閉鎖したホテルグランドパレス前を通る。

目白通り沿いに走り、ＪＲ飯田橋駅のガードを潜って神田川沿いに出たところ、「飯田橋」バス停で下車。ちょっと戻って大久保通りに入り、緩やかな坂を上って歩くと、「筑《つく》土《ど》八幡町《はちまんちょう》」の交差点に出ます。

そう、築土神社は元、ここにあった。と、言うより、最初は例の首塚の場所にあったのが、転々としてここに来たのだそうです。並んで筑土八幡神社が鎮座していて、そちらは現在もここに残るのに対し、築土神社だけが再び移動することになった。

それってやっぱり将門を祀ってたから⁉ 邪推したくもなっちゃうけど、移転したのは昭和21（１９４６）年というから多分、違う。「皇国史観」を押しつけた明治時代ならまだしも、そういう過去を振り切ろうとした終戦直後なんですから。単に「太平洋戦争で社殿焼失」のためのようです。

せっかく来たのだから筑土八幡さんの方にもお参りしておきましょうか。町名の元にもなっているし、築土神社が以前ここにあった、今では証しのようなものですから。

筑土八幡の参道は階段なんですが、そこに立つ鳥居は新宿区最古のものだそうです

実はここ、ずっと以前もお参りに来たことがあった。ただやはり、将門と由縁のある地だったとは全然知らなかった。

境内でちょっと探してみたけど、「将門を祀る築土神社がかつては隣にあった」なんて説明はどこにもありませんでしたね。まぁ当たり前か。

さすがにここは違うのでは⁉ な水稲荷

さて「飯田橋」バス停に戻って再び〈飯64〉系統に乗り込みます。次は早稲田の水稲荷神社。実はここ、北斗七星の構成要素の中でも最も「？」なところなんですけどね。

神社のホームページによるとここの興りは天慶《てんけい》4（941）年、俵《たわらの》藤《そう》太《た》秀郷《ひでさと》朝臣《あそん》が旧社地

（現・早稲田大学9号館法商研究室棟）の「富塚」に稲荷大神を勧請したことによる、という。藤原秀郷。そう、将門を討ち取った男ですよ。これまで出て来た日本武尊や源義家のことを「東征」した敵側じゃん!? なんて突っ込んで来たけど、今回はもう本当に敵も敵。仇《かたき》本人に他ならない。

そりゃまぁ、縁も所縁もないわけじゃないですけどね。でもなぁ。あの北斗七星を構成するためここ、無理やり組み込んだ感もなきにしもあらず……

まぁ気を取り直して、とにかく行ってみましょう。

〈飯64〉は「江戸川橋」で目白通りから新目白通りに入り、都電荒川線の早稲田駅の横を抜ける。その先で、左折。曲がってすぐの「甘泉園《かんせんえん》公園前」で下車します（186ページ上地図参照）。坂の反対側はもう神社の入り口です。

階段を上がってすぐ左手に、面白いものが現われます。「堀部安兵衛之碑《ほりべやすべえ》」。そう、「高田馬場の決闘」で有名な堀部安兵衛（その頃は中山《なかやま》安兵衛）が闘った現場は、ここだったんです。

義理で「叔父上」と呼んでいた菅野六郎左衛門《すがのろくろうざえもん》が高田馬場で決闘することになり、安兵

最初は将門に関係ないんじゃ……と思ったけど、水稲荷神社には興味深いものがたくさんあったのでそれはそれでよし！　写真は右から「堀部安兵衛之碑」「大国社」「水神社」

衛も助っ人を買って出る。その時の活躍に尾鰭《おひれ》が付き、「18人斬り」として有名になった。延々走って駆けつけた、というのも芝居用につけ加えられたエピソードのようですね。

その後、安兵衛は赤穂藩士、堀部金丸《かなまる》の養子となり、「忠臣蔵」四十七士の1人として吉良《きら》邸に討ち入る。江戸を代表する2大事件の主人公なんですものねぇ。数奇な運命、としか言いようがありません。

ちなみに以前はこの近くにその名も「安兵衛湯」というお風呂屋さんがあって、フォーク・ソングの名曲「神田川」で歌われる「2人で行った横丁の風呂屋」とはここがモデルだった、という。

ちょっと将門から外れてしまいましたね（汗）。その先に水稲荷の説明板があったけど案の定、「将門」どころか「秀郷」の「ひ」の字すら記述はありませんでした。

ただ、鳥居を潜った右手に興味深いものを見っけ。「大国社」。そう、神田明神の主祭神は大己貴命でしたよね。どちらも大国主命、同一神です。うーむ、初めて共通の存在を見つけたぞ。邪推がまたもムクムクと頭をもたげます。

ただまぁその前に、神社にお参りを。立派な拝殿がどーんと鎮座してました。

鬱蒼《うっそう》と茂った静かな杜の中、どんと現われるこの荘厳さが存在感、抜群！　やはり由緒あるお宮なんだなぁ、と伝わって来ます。おまけに裏側に回ってみると、いかにも歴史のありそうな「水神社」が祀られてた。

ここが立派な木立に囲まれているのも元々、湧水があったから。だからこそ「水稲荷」であり、隣は「甘泉園公園」なわけですな。境内から直接、そちらにも行けるのでせっかくだから足を延ばしてみましょう。

早稲田の街中にいるとはとても思えない、とても静かな公園です。水がちょろちょろ流れている音を聞きながら、庭内を散策していると時間を忘れてしまいそう。まさに「都会のオアシス」の呼び名がぴったりのところですね。

だが、待てよ。将門伝説には水にまつわるものも多かったな。北斗七星の説明でも述べたように将門は妙見信仰に篤《あつ》かったんだけど、妙見菩薩の化身は竜馬であり、竜は大河の象徴でもある。そう言えば兜神社だって日本橋川が急カーブを切るほとりに、水利を治めるかのように立っていたな。

かつては「水の都」と呼ばれた江戸。その氾濫を抑えるために将門、所縁のものが各所に配置されたのではないだろうか？

うーん、そう考えると、楽しい。だんだんここも、正統な所縁の地のように思えて来たぞ！

やっぱり来てみてよかった。現地訪問にはそれなりの甲斐はちゃんとある、ってことなんでしょう。

北斗七星巡りもラストスパートへ

いよいよ「平将門の北斗七星巡り」のラスト、柄の先っぽ「鎧神社」へ。さっき降りた「甘泉園公園前」バス停から、都バス〈上69〉系統に乗り込みます。

ところが乗ったはいいけど、たった2つ先の「高田馬場二丁目」バス停で途中下車。とにかく腹が減っている。そろそろ昼食を胃に入れないと、身体が謀反《むほん》を起こしそう。てなわけで早稲田通りを渡って、老舗のラーメン店に入りました。早い時期から北海道ラーメンの美味さを東京に伝えて来た名店『えぞ菊』。

ここ、昔は明治通り沿いにありましたよねぇ。その頃に行った覚えはあるけど、再訪はウン十年ぶり。ワクワクして暖簾を潜りました。

さすがは昔ながらの名物「味噌《みそ》ラーメン」ですねぇ。久しぶりに頂いたけど、いやぁ相変わらず美味、美味。上に載った野菜も、シャッキシャキ。麺がまたスープによく絡む、絡む。

ただ、量が多かったね。若い頃はこれくらい、ぺろっと食べられてたのに、なぁ。最後はふぅふぅ言いながら、それでも完食でした。やっぱ美味いからこれだけの量でも、食べられるんでしょうね。そうじゃなかったら、絶対ムリでした。

ちょっと腹は苦しいけど、これでパワー充塡。将門の旅の最後に取り組むには、これで気合も充分でしょう。「高田馬場二丁目」バス停に戻って、再び〈上69〉に乗車。

バスは明治通りを突っ切り、早稲田通り沿いにひたすら走ります。高田馬場駅前の雑踏を抜け、西武新宿線とJR山手線の高架を潜る。潜った後もひたすら早稲田通り伝いに走り、緩やかな坂を下って「小滝橋」の交差点へ。左手から諏訪通りと小滝橋通りの合流を見て、右折。神田川を渡るとそのすぐ先が終点「小滝橋車庫前」です。

我々乗客を降ろしたバスは車庫に入り一時、身体を休める。私も通りを渡って車庫の前へ。いよいよここから本日、最後のバスに乗り込みます。

〈橋63〉系統。小滝橋通りから大久保通りに左折し、JR大久保駅前のコリアンタウンの賑わいを走り抜ける。かと思ったらぐねぐね曲がってJR市ケ谷駅前から、麴町。永田町の「国会議事堂前」や霞が関の「経済産業省前」など、我が国の政治行政の中心地を駆け抜ける。最後に再び雑多な呑み屋街が並ぶJR新橋駅前でゴール、と東京の多種多様な顔を見せてくれる、私も大好きな路線の一つです。

ただ今回は、そんなには乗らない。それどころか出発して、今来た道を引き返すように神田川を渡り、交差点で左折せずに小滝橋通りを真っ直ぐ、次の「新宿消防署」バス停で降りてしまいます。仕方ないですね、目的地があるんですから。

バスを降りると「東京都中央卸売市場　淀橋市場」の敷地を回り込むようにして、JR中央本線の線路伝いに緩やかな坂を下ります。

実はここ、なかなか面白いものがあるんですよ。道を跨ぐ線路の高架名がそれこそ、「鎧ガード」。「鎧」に「ガード」してもらうんだから、そりゃ防御は万全でしょうなぁ（笑）。

大国主命、ヤマトタケル、将門、道真。北新宿に神々が集う

戯言《ざれごと》はさておき、線路の高架ガードに神社の名をつけてくれていることに、私は感謝の念を覚えずにはいられません。この辺り一帯、住所的には「北新宿四丁目」という味も素っ気もない地名になっている。でもそんなの、つまんない。このガードの名に、地元の人の、鎧神社に対する敬愛の念が表れているような気がしません？もっと言うならそこに祀られている、平将門に対する崇敬の念。

　さぁこのガードを潜ってちょっと左手に行けば、目的地はもうすぐです。

　どーん！　やって来ました鎧神社。時刻的にちょっと日が翳《かげ》り出していて、それがまたいい雰囲気を醸し出してくれてましたね。

「鎧ガード」は見るからに頑丈そうです

鳥居に併設する建物はかつては「よろい保育園」で、そんなところで育ったらそりゃ強くなるだろうなぁ、と笑ってたんだけど今回、来てみたら閉園になってたみたいでしたね。返す返すも残念です。

さぁ気を取り直していつも通り、「神社の縁起」を見てみましょうか。

ちょっと紙が破れたりもしていますが、達筆でしたためられた味のある説明板。こんなの、あんまり見た覚えない。

ここにはちゃんと、日本武命らに並んで平将門公の名がはっきり記されてます。思い返せば「神田明神」以来のことですよ。

ただ、元々は日本武命の鎧を蔵《おさ》めたのが始まり、と書かれてます。その後、地元民が将門公を追慕してその鎧もまたここに埋めたのだ、と。

討った側の藤原秀郷が病に苦しみ、祟りを恐れて鎧を埋めた、との異説も開陳されている。うーん、また祟りですよ。やっぱり将門伝説には、祟りが付き物なんですねぇ。こうでなくっちゃ!

またも戯言はさておき、ここに掲げられた祭神はもはや、「全員集合」の感まである。

将門の鎧が眠るという鎧神社は醍醐天皇（885-930）の時代に創建されたそうです

日本武命は北斗七星のもう一方の先端、鳥越神社の主祭神でしたよねぇ。東征した敵側じゃん、って思わず突っ込んだ。

それから大己貴命と少彦名命、この両名は神田明神で名前が挙がってた。つまりここ、両神社の祭神が一気に揃った形になるわけです。大己貴命＝大国様は早稲田の水稲荷にもいましたよね。

神田明神は元々、出雲系の氏族が大己貴命を祖神として祀ったのが始まり、とされている。そして「大己貴命＝大国主命」が国造りの時、海の彼方からやって来て協力したのが少彦名命。以降、2神は始終行動を共にして諸国を廻っている。

ところが日本武命もまた、出雲とは深い関わりを持つ。九州征伐の帰りに出雲に立ち寄っているし、東征の時に携えていたのは「三種の神器」の一つ「草薙剣《くさなぎのつるぎ》」だ。相模国（駿河国《するがのくに》、そもそも）で敵の火攻めに遭った際、日本武命はこの剣を振るって窮地を脱するが、そもそも草薙剣は素戔嗚尊《すさのおのみこと》が八岐大蛇《やまたのおろち》を退治した時、その尾から出て来たものだ。

つまり将門を除くこの3神は、いずれも出雲とつながっている。これは、どう解釈すればいいのだろうか？　また、兜神社のところでやたらと出て来た、源義家との関係は。あそこ以外にも東京には、義家に所縁とされる場所はいくつもある。中にはもしかして、将門伝説を置き換えたものもあるのではないだろうか……??

邪推、と言うより妄想はどんどん膨らむけど、こんなところで頭を捻《ひね》ったって結論が出るわけはないですわね。

それよりもう一つ、ここには興味深いものがある。この神社の摂社として、天神社が併設されているのです！

「天神」即ち祭神は「菅原道真」ですよね。そう、何とここには「日本三大怨霊」の内2人が祀られているんですよ。いやもうここ、「怨霊の聖地」じゃぁないですか（実は築土神社にも道真が合祀されている）⁉

明治中頃に遷座されたという「天神社」の脇には珍しい「狛犬型庚申塔」が。もちろん狛犬なので左右にいて右が雄で左が雌なんです（写真は雄）

将門伝説には水に関わるものが多い、とさっき書きました。確かにこの近くには江戸にとっても重要な、神田川が流れている。「水の都」江戸を治めるのに、極めて重要な一拠点であったことは間違いない。やはり江戸の町には要所要所に、将門が配され悪霊封じ込めが祈願されていたのではないだろうか??

またまた妄想が膨らみそうになりますが、最後にもう一つ面白いものを。それが、「天神社」の狛犬。

可愛い石像なんだけど、どう見ても「犬」じゃなくって「猿」なんですよ。「狛猿」？実はこれ、江戸時代に流行った「庚申《こうしん》信仰」の名残なんです。

60日に一度、「庚申」の夜に体内にいる三尸虫《さんしちゅう》が抜け出して天に昇り、北極星にいる天帝に宿主である人間の日頃の悪事について報告する。だからその夜は三尸虫が身体から出ないよう、講の人々が集まって徹夜する習慣があった。今も路傍でよく見掛ける「庚申塔」はその遺構であり、「見ザル、言ワザル、聞カザル」の「三猿」が彫られていることが多い。これはその変形、というわけです。新宿区の有形民俗文化財に指定されてます。

北極星にいる、天帝。そう、「庚申信仰」もまた、「北斗七星」につながる……

邪推もあちこち飛ぶだけ飛んだし、最後に「北斗七星」に戻って来たことで今回は締め、ということにしましょうか。

祟りもなく済んだことだし。めでたしめでたし——

「将門の首」が描いた北斗七星の旅バスルート

①神田橋➡御茶ノ水駅前

将門の首が描いた跡を訪ねて、〈東43〉系統で首塚から神田明神へ。これ、東京駅から本郷の高台を北走してJR田端駅を抜け、最後は荒川の河川敷まで行ってしまう、とっても面白い路線です。ただ、今回はちょっとだけ乗って下車。まぁ駿河台の坂を歩いて上がらなくて済んだだけ、バスに感謝、ですね

神田明神からは〈茶51〉〈都02〉系統、と乗り継いで鳥越神社を目指します。この〈都02〉もオススメの路線で、JR錦糸町駅と大塚駅を結んでるんだけど、御徒町駅前の雑踏を眺めたり、地下鉄茗荷谷駅近くの学園都市を通ったり、と車窓が次々移り変わる。賢そうな小学生が通学に乗ってたりもします

②順天堂病院前➡本郷三丁目駅前➡蔵前駅前

③蔵前二丁目➡日本橋

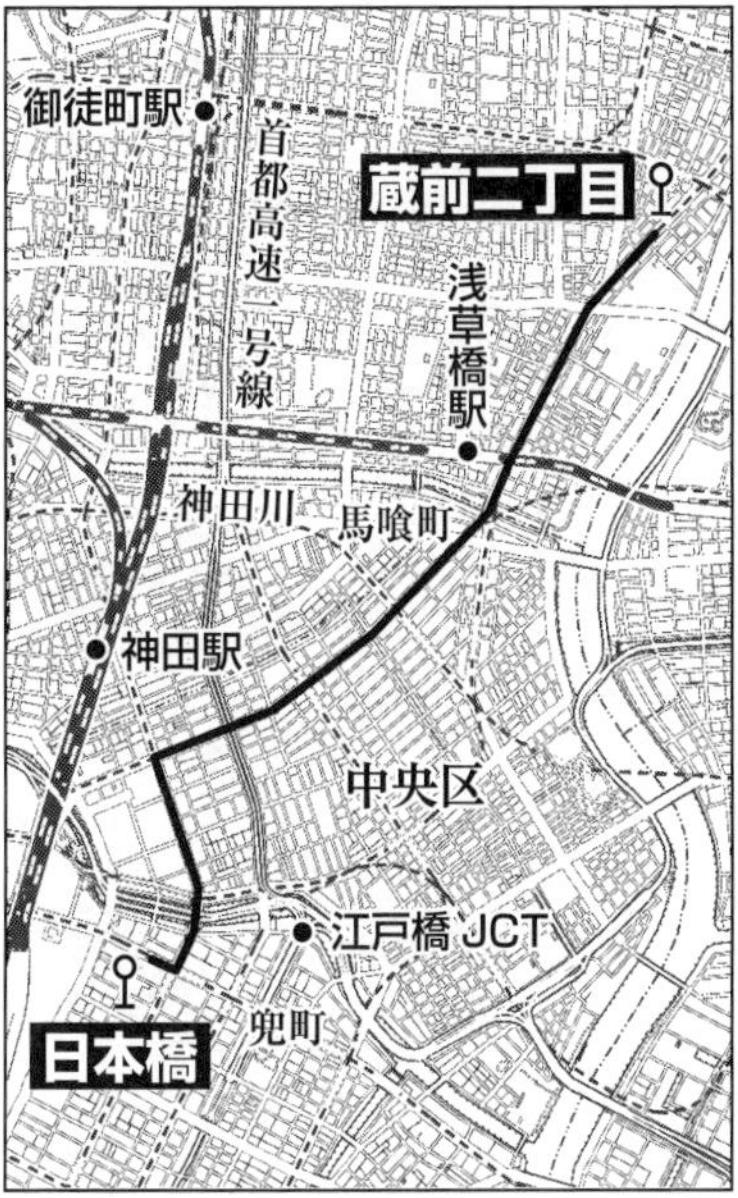

鳥越神社から兜神社へ。ただ、〈東42-1〉に乗るつもりが、よく見ずに飛び乗ったら〈東42-2〉でした。まぁ「浅草橋」までは同じコースなんですけどね。浅草橋の信号で曲がってしまうので、目的の日本橋には行ってくれない。ただこうした失敗の繰り返しも、バス旅の面白さではあるんです

築土神社の九段下から、筑土八幡のある飯田橋へ。〈飯64〉系統は鬼平の役宅から、小説上の私邸のある目白台へ行く時も乗りましたね。テーマは違うのに、同じルートに乗ることになってしまうのが多々あるのは、何でなんでしょう？　もしかして特定の町が私を呼んでいる??

④九段下➡飯田橋

⑤飯田橋➡甘泉園公園前

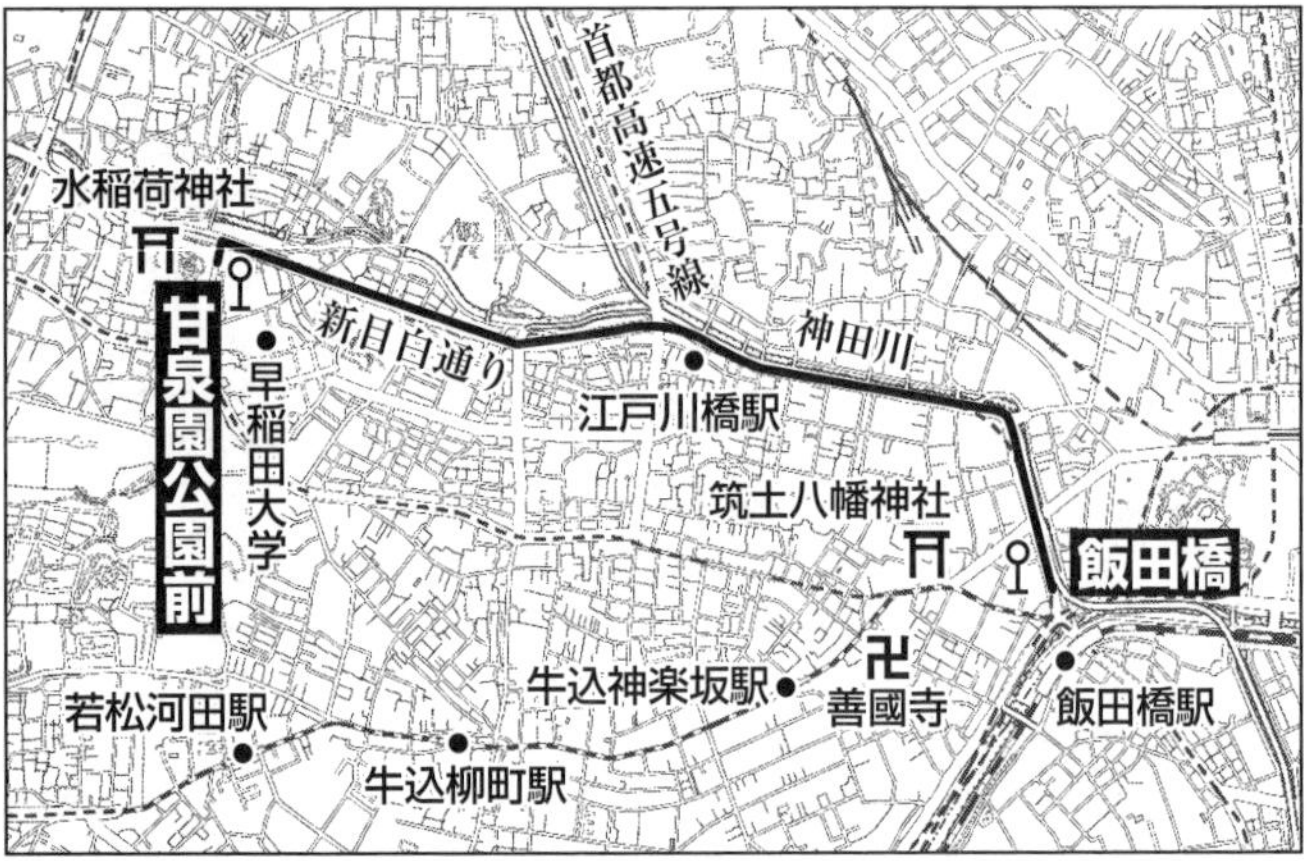

筑土八幡から早稲田の水稲荷を目指して再び〈飯64〉系統へ。鬼平の時は「江戸川橋」で乗り換えたから、そこから先は初めてですね。あ、でも、「江戸川橋」-「早稲田」間は、森鷗外記念館に行く時に〈上58〉系統で通ったか。本当に同じコースをよくなぞること。私の路線選択の工夫がワンパターンなのか!?

⑥甘泉園公園前➡小滝橋車庫前➡新宿消防署

〈上69〉〈橋63〉系統と乗り継いで最後の目的地「鎧神社」を目指します。この〈橋63〉、永井荷風の記した大イチョウを探す時にも乗りました。でもあの時も今回も、乗ったのは僅かな区間だけ。全部、乗ればとってもいい路線なのになぁ。今度、暇を見つけて久しぶりにまた全線踏破をやっちゃおうっと

あとがき

全ての始まりは、新型コロナウイルスの蔓延《まんえん》だった。

呑みに出たくても、お店はことごとく閉まってる。映画館も休業中。とにかくできる限り外出はするな、と公的機関は宣《のたま》う。

でもねぇ。散歩くらい出たっていいでしょ？　誰と会話するわけでもなし。ただ一人で延々、歩いてるだけなんだから。外だから「密」にだってならない。

誰にも咎められる筋合いはない、と散歩に出歩いた。まぁコロナになる前からずっと、やってたことなんですけどね。これも前からやってた、上に蓋をされてしまった川＝暗渠巡りも再開した。

ただちょっと、心境の変化もあった。せっかく社会的閉塞感の中で、こんなことやってるんだもの。記録として残したい。解放感を皆と共有したい。こんな気持ちになったのも、歳をとったせいなんでしょうか？　それまで小馬鹿にしていた、ブログなんてものを始めた。暗渠巡りの模様などをアップした。

コロナが一段落し、あまりうるさく言われなくなったらこれ幸い、と電車やバスの乗り潰しも再開した。ブログのネタに追加した。行き当たりばったりにバスを乗り継ぐ、何の当てもない「小さな旅」をアップするようになった。

これが講談社のＷｅｂマガジン「ｔｒｅｅ」の編集者、大久保恭介氏の目に留まった。「西村さん、面白いのでバスの話、うちで記事にしませんか」。こうして、「日和バス　徘徊作家のぶらぶらバス旅」の連載は始まった。

ただしあまりに行き当たりばったりだと記事にならないので、何かテーマが欲しい。本にまつわるＷｅｂマガジンなのだから、本に関するテーマが望ましい。かくして、文豪やもののけといったテーマが案出された。

そうしたら今度は、小学館の「週刊ポスト」で書籍編集を担当する新里健太郎氏の目に留まった。「これ、面白いからうちの新書で本にしませんか」

本書『東京路線バス　文豪・もののけ巡り旅』は、こうして生まれることになった。新型コロナを切っ掛けとしてブログ→Ｗｅｂマガジン連載→単行本化、と思いもよらない流れを辿ったものだ。運命の機微というものを感じずにはいられない。他にも様々な人が関わってくれたが、特に直接の機会をくれた大久保氏、新里両氏にはこの場を借りて、心から感謝申し上げたい。

これからも、「小さなバスの旅」を続け、発信し続けて行く所存です。どうぞよろしくお願いします。

そう、私が最高に感謝しているのは、この本を手に取って下さったあなた、です。

本書はWebサイト「tree」に連載された「日和バス　徘徊作家のぶらぶらバス旅」と「東京もののけバス」に加筆修正の上、新書としてまとめたものです。

西村健［にしむら・けん］

1965年、福岡県生まれ。東京大学工学部卒。労働省（現厚生労働省）勤務後、フリーライターに転身。96年、『ビンゴBINGO』で小説家デビュー。『劫火』『残火』で2005年と10年に日本冒険小説協会大賞（第24回、29回）、12年、『地の底のヤマ』で第33回吉川英治文学新人賞と第30回日本冒険小説協会大賞、14年、『ヤマの疾風』で第16回大藪春彦賞を受賞。『バスを待つ男』『バスへ誘う男』『バスに集う人々』のバス三部作や『最果ての街』『目撃』『激震』など著書多数。

地図：タナカデザイン
編集：新里健太郎

東京路線バス　文豪・もののけ巡り旅

二〇二三年四月五日　初版第一刷発行

著者　西村健
発行人　三井直也
発行所　株式会社小学館
〒一〇一－八〇〇一　東京都千代田区一ツ橋二ノ三ノ一
電話　編集：〇三－三二三〇－五九六一
販売：〇三－五二八一－三五五五

印刷・製本　中央精版印刷株式会社
本文DTP　ためのり企画

Printed in Japan ISBN978-4-09-825448-4